大地上的笨花

铁凝　著作

张莉　选编

中国出版集团
中译出版社

图书在版编目（CIP）数据

大地上的笨花 / 铁凝著 ； 张莉选编. -- 北京 ： 中
译出版社，2021.6
（文学里的中国·当代经典书系）
ISBN 978-7-5001-6649-8

Ⅰ. ①大… Ⅱ. ①铁… ②张… Ⅲ. ①小说集—中国
—当代 Ⅳ. ①I247

中国版本图书馆CIP数据核字(2021)第075827号

出版发行 / 中译出版社
地　　址 / 北京市西城区车公庄大街甲4号物华大厦6层
电　　话 / （010）68359303，68359827（发行部），68358224（编辑部）
邮　　编 / 100044
传　　真 / （010）68357870
电子邮箱 / book@ctph.com.cn
网　　址 / http://www.ctph.com.cn

出 版 人 / 乔卫兵
总 策 划 / 张高里　刘永淳
特邀策划 / 王红旗
策划编辑 / 范　伟　张孟桥
责任编辑 / 范　伟　张孟桥
文字编辑 / 张若琳　吕百灵　孙莳麦
营销编辑 / 曾　頔　郑　南
封面设计 / 柒拾叁号工作室

排　　版 / 柒拾叁号工作室
印　　刷 / 北京顶佳世纪印刷有限公司
经　　销 / 新华书店

规　　格 / 787mm × 1092mm　1/32
印　　张 / 9.75
字　　数 / 150千字
版　　次 / 2021年6月第一版
印　　次 / 2021年6月第一次

ISBN 978-7-5001-6649-8　定价：49.00元

作者
铁凝

生于北京。现为中国文学艺术界联合会主席、中国作家协会主席。1975年开始发表文学作品，著有长篇小说《玫瑰门》《大浴女》《笨花》等，中篇、短篇小说《哦，香雪》《第十二夜》《没有纽扣的红衬衫》《对面》《永远有多远》《伊琳娜的礼帽》等一百余篇，以及散文、随笔等共计四百余万字，出版小说、散文集五十余种。1996年五卷本《铁凝文集》由江苏文艺出版社出版，2006年九卷本“铁凝作品系列”由人民文学出版社出版，2016年散文集《以蓄满泪水的双眼为耳》由生活·读书·新知三联书店出版，2017年小说集《飞行酿酒师》由人民文学出版社出版。作品曾六次获得包括鲁迅文学奖在内的国家级文学奖项，另有小说、散文获中国各大文学期刊奖三十余项。由其编剧的电影《哦，香雪》获第41届柏林国际电影节奖，及中国电影“金鸡奖”“百花奖”。部分作品被译成英文、俄文、德文、法文、日文、韩文、西班牙文、丹麦文、挪威文、越南文、土耳其文、泰文等多种文字。2015年，被授予法国文学艺术骑士勋章。2018年，获波兰雅尼茨基文学奖。

选编者
张莉

北京师范大学文学院教授，博士生导师。著有《中国现代女性写作的发生》《姐妹镜像》《持微火者》《远行人必有故事》等。主编《2019 年中国女性文学作品选》《2020 年中国女性文学作品选》《2019 年中国短篇小说二十家》《2020 年中国短篇小说二十家》《京味浮沉与北京文学的发展》《我认出了风暴》等，获唐弢青年文学研究奖，华文最佳散文奖，图书势力榜十大好书奖。中国作家协会理论委员会委员，中国现代文学馆特邀研究员。

目录

导言——朴素的与飞扬的：铁凝和她的文学世界

张莉

如果用一种植物形容铁凝和她的文学世界，我会想到“笨花”，那一望无际的冀中平原上的本土棉花。棉花的花朵，美丽、灵动，气象万千——但是棉花又不只是花，它素朴、盛大，生命力旺盛，是我们的温暖之源。

作为作家，铁凝对棉花情有独钟。棉花常常在她作品里出现，而棉花地则是她诸多小说故事的发生地，目前为止，她有两部重要作品都以棉花命名，——中篇小说《棉花垛》里，她写了棉花地里发生的故事，而在她最具代表性的长篇小说《笨花》里，她则书写了几代人在“笨花村”的生活。谈及为何起名“笨花”，铁凝说：

“笨”和“花”这两个字让我觉得十分奇妙，它们是凡俗、简单的两个字，可组合在一起却意蕴无穷。如果“花”带着一种轻盈、飞扬的想象力，带着欢愉人心的永远自然的温暖，那么“笨”则有一种沉重的劳动基础和本分的意思在其中。我常常觉得在人类的日子里，这一轻一重都是不可或缺的。[1]

“笨”和“花”何尝不是铁凝文学世界的品质？“笨”，让人想到素朴、诚恳、诚挚、真淳，而“花”则让人想到独属于铁凝文学的生机勃勃，诗性盎然。——素朴是铁凝最本真、最本分、也最厚重的创作肌理，而飞扬则是她从素朴里发现新异的才情。

朴素的思考

1957 年 9 月，铁凝出生于北京，后随父母迁居河北保定。父亲铁扬是当代著名油画家，母亲是声乐教授。铁凝传记中说，当年，父亲想让女儿学绘画，母亲想培养她学声乐，但铁凝本人对文学有天然的亲近感。她十六岁时，父亲带她去看望著名作家徐光耀。读过女孩子的作文后，徐光耀非常激动，连着说了两个“没想到”，他对铁凝说，“你写的已经是小说了”。[2] 这个评价对少年铁凝是莫大鼓励。

铁凝的处女作是《会飞的镰刀》，这是她在 1975 年创作的。也是那一年，铁凝高中毕业。她未来的道路有多种可能：可以留在父母身边，可以去部队当文艺兵。但是，这个十八岁的女孩儿最终决定去农村，做知识青年。“我想当作家。父亲说中国作家是理应了解乡村的，他冒险地鼓动着我，我冒险地接受着这鼓动。其实，有谁能保证，一旦了解了农村你就能成为作家呢？”[3] 从 1975 年下乡到 1979 年调到保定地区文联，铁凝在博野县张岳村生活了近四年。四年间，这位年轻人写下四五十万字左右的笔记，关于她对农村生活和农民的理解。当然，务农四年的时间里，她也开始发表《夜路》《丧事》《蕊子的队伍》等

1 铁凝：《从梦想出发：铁凝散文随笔集》，长沙：湖南文艺出版社，2007 年，第 57 页。

2 铁凝：《真挚的做作岁月》，《铁凝文集》之五，南京：江苏文艺出版社，1996 年，第 444-445 页。

3 铁凝：《铁凝影记》，石家庄：河北教育出版社，1998 年，第 53 页。

短篇小说。

铁凝的成名作是《哦，香雪》，发表在1982年5期的《青年文学》。香雪是个十七岁的农村姑娘，小说写了火车对乡村人生活的冲击，写了香雪用四十个鸡蛋到火车上去换一个塑料铅笔盒的故事，文风清新、自然，生动，有如来自山野的风。孙犁读到后很兴奋，特意写信给她："这篇小说，从头到尾都是诗，它是一泻千里的，始终一致的。这是一首纯净的诗，即是清泉。它所经过的地方，也都是纯净的境界。"[1]在信中，孙犁甚至谦虚地对这位年轻作家说："我也写过一些女孩子，我哪里有你写得好！"[2]《哦，香雪》被《小说选刊》和《小说月报》选载，获得了首届全国优秀短篇小说奖。研究者称农村少女香雪是"铁凝艺术世界中第一个被公认的、成功的、美的形象。"[3]《哦，香雪》后来也被选入高中语文课本。事实上，香雪不仅受到中国读者喜欢，还翻译成了英、日、法、意、德等多种文字出版，不同国度的读者都曾为这部作品打动，因为它表现了一种人类心灵共通的东西。

1983年对于铁凝来说是收获之年，这位二十六岁的青年作家不仅获得了全国优秀短篇小说奖，还发表了卓有影响力的中篇小说《没有纽扣的红衬衫》（获得1984年全国优秀中篇小说奖）。《没有纽扣的红衬衫》的女主人公安然，是个向往自由自在，渴望远离复杂人际关系的女中学生，她健康、开朗、明亮，深受青少年喜爱。这是80年代没有沉重历史负担的人，作家准确把握到了时代的敏感点，将她对未来的思考集中在人物身上。在当年，每个女孩子都渴望穿上没有纽扣的红衬衫，当时人们甚至把“没有纽扣的红衬衫”叫作“安然衫”。文学史上，安然和蒋子龙的《乔厂长上任记》里的乔光朴一样，成为当时中国产生巨大影响的文学新人。如果说香雪代表了80年代我们对美好文明生活的向往，那么安然则代表了我们的理想人性和理想人格。《哦，香雪》和《没有纽扣的红衬衫》都在80年代被搬上大屏幕，受到观众欢迎：同名电影《哦，香雪》荣获第41届柏林国际电影节最佳儿童片水晶熊大奖；《没有纽扣的红衬衫》被改编为电影《红衣少女》，荣获百花奖和金鸡奖的最佳故事片奖。

当年，年轻的铁凝及其作品给人惊喜。批评家一致认为宝贵的农村生活经验给予了她丰厚的创作素材，这当然

---

1 孙犁：《读铁凝的〈哦，香雪〉》，《小说选刊》，1983年第2期。

2 孙犁：《读铁凝的〈哦，香雪〉》，《小说选刊》，1983年第2期。

3 贺绍俊：《铁凝评传》，郑州：郑州大学出版社，2004年，第41页。

有道理，但更重要的是，农村生活使她养成了不同寻常的理解力。如《村路带我回家》中，下乡知青乔叶叶选择了在农村生活而不是回到城市，原因很简单：“……我愿守着我的棉花地，守着金召，他就要教会我种棉花了。让我不种棉花，再学别的，我学不会。”[1]一如当年赵园的分析，“作者以极其‘个人’的人物逻辑，使人物的回归、扎根‘非道德化’，与任何意识形态神话、政治豪言、当年誓言等等无干，也以此表达了对当年知青历史的一种理解：那一度的知青生活，不是炼狱不是施洗的圣坛，不是净土不是‘意义’‘主题’的仓库，不是……作者没有指明它‘是’什么，或者‘是’即在不言自明之中：那就是平常人生。”[2]这也是最初铁凝进入文坛时所带给人的喜悦：她以一位书写者的本能拒绝了知青文学中那份高高在上、那份时代赐予的深厚的意识形态性，那份深藏其间被诸多作者读焉不察的等级意识。她通过笔下那些以笨拙并不机敏著称的人物选择，显示了自己对世界的“别有所见”。[3]

共同生活、共同劳动使铁凝与农民凝结了深切的情意，她不把自己与他们区别开来。这最终构成了铁凝认识世界的方式，——农村的一切，在她笔下有了一种他人无法察觉的气息。《孕妇和牛》中，乡间怀孕的妇女和怀孕的牛如此可爱，她们互相映衬，成为美好景象："有一次我到一个地方去，都快收麦子了，麦穗已经很饱满，麦田一望无际，在地头上，站着一个怀孕的妇女，挺着大肚子特别自豪。我觉得那个'景象'特别打动人，就想把它写成小说。"[4]《孕妇和牛》是铁凝经典小说，一经发表便得到无数读者的喜爱。在汪曾祺眼里，这部小说写的是"幸福"："古人说：'愁苦之言易好，欢愉之言难口。'铁凝能做到'人所难言，我易言之'。这是一篇快乐的小说，温暖的小说，为这个世界祝福的小说。"[5]

"要是你不曾在夏日的冀中平原上走过，你怎么能看见大道边、垄沟旁那些随风摇曳的狗尾巴草呢？"[6]散文《草戒指》里，铁凝谈到对冀中平原上狗尾巴草的记忆，女孩子们常常编成草戒指戴在手上，它盛载着她们的向往和期

1 铁凝：《村路带我回家》，《长城》，1984年第3期。

2 赵园：《地之子》，北京：十月文艺出版社，1993年，第275页。

3 张莉：《仁义叙事的难度与难局——铁凝论》，《南方文坛》，2010年1期。

4 朱育颖：《精神的田园——铁凝访谈》，《小说评论》，2003年第3期。

5 汪曾祺：《推荐〈孕妇和牛〉》，《文学自由谈》，1993年第2期。

6 铁凝：《草戒指》，《当代》，1990年第6期。

待。草是如此不起眼，但因为代表着情意便又变得珍贵和不平凡。将草和戒指放在一起思考，这位作家认识到，“却原来，草是可以代替真金的，真金实在代替不了草。精密天平可以称出一只真金戒指的分量，哪里又有能够称出草戒指真正分量的衡具呢？却原来，延续着女孩子丝丝真心的并不是黄金，而是草。”[1]这样的联想和思考都显示了铁凝卓异的审美能力，正如世界上所有优秀作家都拥有的那种能力，——他们总能够将这个世界上真实的、看起来毫无关系的东西进行重新组合，进而引领我们重新理解和认识世界。

这位作家看到这个世界的普遍性，看到人与人之间的共通与共情。《麦秸垛》里，城市女青年杨青看到乡村生活和大芝娘的际遇，但也看到了“世上的人原本都出自乡村，有人死守着，有人挪动了”[2]，其实，那也“不过是从一个麦场挪到另一个麦场”。叙事人顺着杨青的眼睛看到，“城市女人那薄得不能再薄的衬衫里，包裹的分明是大芝娘的那对肥奶，她还常把那些穿牛仔裤的年轻女孩，假定成年轻时的大芝娘”。[3]不只是在“此处”思考“此处”，铁凝对人世的理解从不画地为牢。她有她的辽远，她的犀利。关于《麦秸垛》的创作，铁凝提到出访挪威的经历，在奥斯陆她听到小婴儿的哭声，这哭声让她想到华北平原土炕上婴儿的哭声，想到农村街坊邻居娃娃们的哭声。“原来全世界的小人儿都是一样的哭声，一样的节奏一样的韵律，要多伤心有多伤心，要多尽情有多尽情。”[4] 由此，这位作家想道：“当一名三代以上都未沾过农村的知识妇女同我闲聊时，为什么我会觉得她像哪位我熟悉的乡下人？为什么我甚至能从那面容粗糙、哭天抢地的吵闹的农妇身上看见我？哪怕从一个正跳霹雳舞的时髦女孩儿身上，我也看见那些山野小妞儿的影子在游荡。”[5]

城市与乡土、富裕与贫穷对这位写作者并未构成真正的分界，那种简单的关于文明与愚昧、先进与落后的划分也是危险的。在写作之初，铁凝就以一种朴素的情感去理解世界上的人：女人有她们共同的际遇，人和人也有。农村和城市没有必然的等级，而人的生活和情感也有着相通和相近的一面。这种朴素的角度与情感最终使这位写作者

---

1 铁凝：《草戒指》，《当代》，1990 年第 6 期。

2 铁凝：《麦秸垛》，《收获》，1986 年第 5 期。

3 铁凝：《麦秸垛》，《收获》，1986 年第 5 期。

4 铁凝：《我尽我心》，《像剪纸一样美艳明净》，北京：人民文学出版社，第 245 页。

5 铁凝：《我尽我心》，《像剪纸一样美艳明净》，北京：人民文学出版社，第 246 页。

拥有了非凡的理解力，于是，那些向日葵、麦秸垛、棉花地；那些深谷、麦田、小车子、土房子；青草、种子、石碑、以及遍地盛开的山桃花全都在她笔下聚拢并沉淀。一种与土地、与农村、与农民的深厚情感在她那里被点燃。那些面目平凡的农民形象因为这样的情感而变得不凡，他们心地质朴，隐匿在他们内心深处的聪明、智慧、仁义、诚信，包括那些虚弱、贫穷和精明，也都在这位作家的文字世界里展现。土地、农村、农民以及与之相伴的朴素生活最终培育并养成了铁凝文学世界的质地，这是独属于铁凝的丰厚创作资源。

女性的内省

1988年9月，长篇小说《玫瑰门》在大型文学期刊《文学四季》创刊号上首发，随后，作家出版社出版《玫瑰门》单行本。《玫瑰门》聚焦于司绮纹为代表的庄家几代女性的人生际遇，深刻揭示了女性命运与现实、性别秩序与历史之间的冲突与矛盾。读者尤其难忘外婆司猗纹的一生，这个女人经历了五四运动、抗日战争、中华人民共和国成立等历史时期，经历种种人生变故，但生命力依然旺盛。

事实上，小说书写的并不是那种传奇女性，相反，《玫瑰门》剥离了一般意义上对于女性命运的书写和理解，铁凝着眼于一个女人与自我的搏斗，着眼于一个女人与她的生存环境的搏斗，着眼于她由年轻到衰老，由强悍到虚弱，由雄心勃勃到无能为力的生命过程。[1]铁凝冷静直面一个女人的可怜和卑微，以及她内心深处的肮脏、龌龊、黑暗与苦苦挣扎。

小说发表后引起强烈反响，不同时代的批评家们都曾给予过高度评价。曾镇南说："铁凝在司猗纹形象身上，不仅汇聚了'五四'以后中国现代史上某些历史风涛的剪影，而且几乎是汇聚了'文革'这一特殊的历史阶段的极为真实的市民生态景观。小说最有艺术说服力的震撼力的部分，无疑是对'文革'时期市民心理的真实的、冷静的、毫不讳饰的描写。这种描写的功力在揭示司猗纹生存中的矛盾方面达到了令人惊叹的程度。"[2]戴锦华认为《玫瑰门》"表现了令人震惊的洞察、冷峻和她对女性命运深刻的内省与质询"。[3]谢有顺则称赞《玫瑰门》是"借由个人与时

1　张莉：《刻出平庸无奇的恶》，《名作欣赏》，2013 年 8 期。

2　曾镇南：《评铁凝的〈玫瑰门〉》，《曾镇南文学论集》，石家庄：花山文艺出版社，2001 年，第 152 页。

3　戴锦华：《真淳者的质询——重读铁凝》，《文学评论》，1994 年第 5 期。

代、个人与个人之间的隐秘斗争，深刻地写出了三代女性在一个荒谬年代里的命运脉络”。[1]三十多年来，《玫瑰门》不断被诸多文学史家重新解读、阐释，累积的评价之多，已然构成庞大而复杂的阅读谱系。

《玫瑰门》被文学史认为是中国女性文学的巅峰之作，也通常被认为是铁凝的转型之作,她的风格由清新而犀利、复杂、深刻。事实上，文学史家们将铁凝的一部分作品视为中国女性写作的典范之作，这些作品包括中篇小说《麦秸垛》《棉花垛》《青草垛》《对面》《永远有多远》以及长篇小说《无雨之城》和《大浴女》等。《无雨之城》是铁凝的第二部长篇小说，是著名的“布老虎丛书”之一，畅销百万册。《无雨之城》关于人的情感故事。小说中固然书写了官员普运哲的处境，女记者的痛苦，但最有吸引力的还是那位官员的妻子葛佩云。这位官员妻子刻板、机械而又麻木地生活着，尤其令人印象深刻的是她的生活细节，比如她总喜欢在鞋垫上钉个钉子，以防鞋垫滑出来。葛佩云是可怜人，也是平庸的人，让人想到契诃夫笔下那位套中人。这样的书写代表了作家对某一类女性处境的凝视。

《大浴女》是铁凝的第三部长篇作品。城市女青年尹小跳负载了复杂的童年罪恶，小说中几乎所有人物都在一种内心的愧疚和不安中挣扎。人物内心的独白与复杂生长环境相呼应，形成了这部小说的独特调性。大江健三郎对《大浴女》的女性群像书写赞不绝口："如果让我在世界文学范围内选出这十年间的十部作品的话，我一定会把《大浴女》列入其中。"[2] 王蒙读完《大浴女》则感慨说："却原来一个人从生下来就承负着那么多自己和别人的包括上一代人的和社会的罪恶……读起来觉得惨然肃然。"[3]

中篇小说《对面》发表于 1993 年，以一位男性的偷窥为主题，男人因不能占有"对面"那位独居女人而爆发恶意实施报复，而那个女性则因他的一时逞恶心脏病发作而离世。小说犀利尖锐，冷峻陡峭，是铁凝少有的以男性视角书写的作品，它因多重意义上的反思和批判而深受批评家们的褒扬。1999 年，铁凝的另一部重要中篇代表作《永远有多远》发表，在这部作品中，铁凝将深具传统仁义美德的女性和北京精神叠合在一起，写出了胡同里长大的女

---

1 谢有顺：《铁凝小说的叙事伦理》，《中国当代文学批评大系 1949—2009（卷 6）》，王尧、林建法主编，2012 年，第 210 页。

2 铁凝、大江健三郎、莫言：《中日作家鼎谈》，《当代作家评论》，2009 年第 5 期。

3 王蒙：《读〈大浴女〉》，《读书》，2000 年第 9 期。

孩子白大省的情感历程，小说一经发表便引起读者长久的共情风暴。这是一部深具多种文化内涵的作品，曾获得第二届鲁迅文学奖中篇小说奖,后被改编为同名电视连续剧，引起广泛影。“永远有多远”这一题目也成为了世纪末流行的“金句”，代表了某种时代慨叹。

从《哦，香雪》《没有纽扣的红衬衫》《麦秸垛》到《玫瑰门》《无雨之城》《大浴女》《永远有多远》，铁凝刻画了香雪、安然、大芝娘、司绮纹、竹西、苏眉、尹小跳、尹小帆、白大省等一个个生动鲜活的女性形象，这些有着不同的性格特征女性生长于不同时代，有城市女性、农村女性，有老年女人、中年女人，也有少女；有姐妹、祖孙、母女……不同际遇、不同阶层的女性在她的作品中有着隐秘互映，形成了参差互现的美学特征。还没有哪位中国作家像铁凝这样，塑造了如此多栩栩如生、富有生命质感的女性形象，这些女性形象在不同历史时期都曾经陪伴读者成长。某种意义上，铁凝以一系列女性群像的方式书写了中国当代女性的处境，在她的书写里，有着中国最普泛女性的生存与生活样貌。

如果说书写了丰富、复杂、鲜活多样的女性群像是铁凝女性文学作品的特质，那么，另一独特性便是独属于铁凝的文学表达。在那些女性文学作品里，她使用了内心独白的对话体方式，这尤其表现在铁凝的《大浴女》中，第一人称与第三人称互为交错，这使她的写作有了一种众声喧哗与兀自独语交互呈现的特质，王一川认为，铁凝在文本中创造了一种“反思对话体”[1]，“反思对话体是指一种由内心的反思和对话占据主导地位的文体样式……内心反思， 是说主人公及其他人物常常处在对于自己的思想、情感和行为的回头沉思及审视状态， 例如， 尹小跳就时常反思自己的早年行为， 陷于深深的原罪感中难以自拔，这种反思性审视一直伴随和影响着她。内心对话， 是说主人公和其他人物总是在心理与他者和自我对话， 尹小跳就总是为自己设置一个他者， 同他展开尖锐的对话。内心反思与对话在这里是相互交融在一起的。”[2] 正是这种反思对话体的使用，小说得以建构一种独属于现代人的错综复杂的内心冲突世界。

反思对话体之外，铁凝作品中的抒情特质格外吸引人，这在《玫瑰门》及《大浴女》中足可以称为华彩部分，而这正是铁凝诚挚诚恳之处，一如王蒙所言：“与其他有些

---

1 王一川：《探访人的隐秘心灵》，载《文学评论》，2000 年第 6 期。

2 王一川：《探访人的隐秘心灵》，载《文学评论》，2000 年第 6 期。

女作家的一个重要不同在于：第一， 铁凝是一个把自己放在书里的作家，你从书里处处可以感到作者的脉搏、眼泪、微笑、祝祷和滴自心头的血。她在作品里扮演的是一个抒情者、倾诉者、歌哭者、笑者、祝福者或者呐喊者。她与书中的人物互为代言人。你读了书就会进一步感知与理解作者，直至惦记与挂牵作者。”[1]

内心独白、反思对话体及强烈的抒情特质构成了铁凝女性文学世界的迷人调性：那个世界绝不是封闭、单一和狭隘的，相反，那个世界是开放的、多元的、多声部的，那里众声喧哗，那里杂花生树；那里既是有关女性的生存，同时也是一个女性的自我与阔大世界的坦率对话，这样的对话中包含了女性的倾诉、困惑、质询、追问，也包含着一个女性的自我反省、自我怀疑和自我成长。这样的女性世界深具女性特质，但却不是通常意义上的女性特质，不是软弱的、自怜自恋的女性气质，相反，它丰饶、诚恳、包容、富有生机，同时，它也强劲而有力。在这位作家的文学世界里，她和她的读者之间拥有强大信任基础，她和他们一起欢笑与共、悲喜与共、困惑与共，她和他们一起怀疑、憧憬、向往、自我质询、自我反省，在一次次心与心的交流中，他们共同通过文字淘洗出更为诚挚、坦然和洁白的"自我"。

铁凝的女性文学有着非凡的对于女性美、女性身体、女性命运的不同理解，而这些理解也与前此以往的女性书写拉开了距离。比如关于如何理解女性身体。《玫瑰门》"鱼在水中游"一节中，小说书写了竹西身体之美，在小苏眉眼里，竹西的身体"一座可靠的山，这山能替你抵挡一切的恐惧甚至能为你遮风避雨"[2]，这"山"有别于其他文学文本中的女性身体，她健康、强壮、坦然，从不躲躲闪闪。事实上，铁凝多部作品里都描述过一个健康而坦然的女性身体，在《对面》中是那位拥有健壮身体的女游泳教练；在《没有纽扣的红衬衫》中，她是安然；在《大浴女》中，她是尹小跳……某种意义上，铁凝重新发现了女性身体之美，她将女性身体从外化的标签中解放出来。这些身体不是供欲望化观看的，但也不是用来展览的，在她这里，女性美是自然的、自在的，洗浴的女性，恋爱中的女性，年老的女性，农村的女性，那些洗桃花水的女性，都是美的。什么是铁凝笔下女性之美，是对自我身体的凝视、认同、接纳，是自信与自在，它是以健康和强壮为底的。

---

1 王蒙：《读〈大浴女〉》，《读书》，2000 年第 9 期。

2 铁凝：《玫瑰门》，北京：人民文学出版社，2013 年，第 96 页。

铁凝之于女性写作的贡献是在两个向度完成的。一个向度是她将女性身体进行去魅，进行一次卓有意味的解放，她笔下的女性身体，努力逃离那种男性视角下的被注视命运，使女性身体回归女性身体本身。另一个向度的完成则是她将女性视为社会关系的总和。这也意味着，她的写作天然地具有一种社会性别意识。这里的社会性别意识指的是，将女性命运遭际与民族国家、阶级、阶层中去理解，她躲避了男女二元对立的思维模式，并不单向度地理解女性命运而是多维度、整体性地理解女性之所以成为女性，女性何以成为女性这些问题。一如《玫瑰门》中，你可以看到男性之于司绮纹生命历程所构成的压迫，但更重要的是社会语境和历史负累之于一个女性的重压。铁凝并不把女性的命运简化或单线条地归之于受一个或一群男性的压迫，她将女性命运放在更阔大和更深广的背景下去思考。在司绮纹的成长过程中，她一次次被社会、被家庭抛弃，她既是受害者，但同时也是主动的施害者。这个女人之所以成为这个女人，与社会和环境有关，也与本人的懦弱、本人对恶的趋奉密不可分。作为作家，铁凝有她清晰的性别立场和性别敏感，但是，她绝非为某一立场写作，她最终遵从的是她作为艺术家的直感，不提纯美化女性自身而是逼近女性的生存真相，她从女性内心的更深更暗处去审视。

早在 1989 年，铁凝谈到《玫瑰门》的写作时，说起过自身作为女性如何书写女性的问题："我以为男女终归有别，叫我女作家，我很自然。这部小说我很想写女性的生存方式、生存状态和生命过程。我认为如果不写出女人的卑鄙、丑陋，反而不能真正展示女人的魅力。我在这部小说中不想作简单、简陋的道德评判。任何一部小说当然的会依附于一个道德系统，但一部女子的小说，是在包容这个道德系统的同时又有着对这个系统的清醒的批判意识。"[1]——那些农村女性为什么索要彩礼，为什么"草戒指"如此珍贵，为什么大芝娘晚上睡觉总要抱着一个枕头？作为写作者，要紧紧贴住这些女性，写出她们夜晚中内在的欲望和挣扎，不是高高在上的观看，也不简单地给予批判，而是尽可能给予理解和体谅，写出其中的复杂、矛盾和纠结，使她们成为她们自身，而不是成为某类符号。

看到女性身体的美与力量，看到女性生命的光泽与强

1　此为 1989 年 2 月 22 日《玫瑰门》研讨会的铁凝发言，见盛英主编：《二十世纪中国女性文学史》（下），天津：天津人民出版社，1995 年第 773 页。

悍，看到她们的斑点和衰老、虚荣和自恋，不虚美，不隐恶，唯其如此，才是对所写人物的真正尊重。每一个人物都不是（也不应该是）某种写作理念的产物，而是活生生的人。什么是属于铁凝的朴素思维？是站在农村立场，对所有书写对象平等以待，同时也遵从作为女性艺术家的本能，不察言观色，不左顾右盼，既不强化也不躲闪女性身份，诚实地写出“我”之所见、“我”之所思、“我”之所感。

内面之魅

多年后，铁凝回忆起写作《哦，香雪》的缘起。她来到一个小村庄，住在房东家，“我在一个晚上发现房东的女儿和几个女伴梳洗打扮、更换衣裳”。这个“发现”弥足珍贵，她看到了女孩们普通生活的另一面。“我以为她们是去看电影，问过之后才知道她们从来没有看过电影，她们是去看火车，去看每晚七点钟在村口只停留一分钟的一列火车。这一分钟就是香雪们一天里最宝贵的文化生活。为了这一分钟，她们仔细地洗去劳动一天蒙在脸上的黄土，她们甚至还洗脚，穿起本该过年才拿出来的家做新鞋，也不顾火车到站已是夜色模糊。这使我有点心酸——那火车上的人，谁会留神车窗下边这些深山少女的脚和鞋呢。然而这就是梦想的开始，这就是希冀的起点。”[1]最日常的生活里有着不为人知的兴奋，最普通不过的农村姑娘内心，有着难以为外人察觉的心之波澜。重要的是“发现”。从那位普通的农村女性身上，铁凝发现了一个人的梦想和一个村庄的希冀。这也意味着属于她的写作视点慢慢生成。她逐渐瞩目于那些日常生活中普通而本分的人们。写出那些没有故事的人身上的故事，写出他们平凡面容之下的内心起伏，是铁凝小说中一以贯之的美学追求。

铁凝总能发现生活的“内面”，这里的内面首先指的是日常生活本身的质感和美感。作为作家，铁凝有一种神奇的召唤本领，她总能将那些久已消失的味觉、嗅觉以精妙的句子聚拢来，进而将某种人类共通的情感牢牢凝聚在白纸黑字间。一如《永远有多远》中，她曾为我们召唤过一种“冰凉”：“我只记得冰镇汽水使我的头皮骤然发紧，一万支钢针在猛刺我的太阳穴，我的下眼眶给冻得一阵阵发热，生疼生疼。”[2]——那些已然流逝的岁月，那些与岁月共在的情感，经由一个精当的比喻重回，昔日由此重回，

1 铁凝：《三月香雪》，《人民日报》，2018 年 6 月 16 日。

2 铁凝：《永远有多远》，《十月》，1999 年第 1 期。

美好由此再现。而这美好与情感，其实都是独属于日常生活的质感。

事实上，就像一天只吃两顿饭的香雪依然有着她的追赶火车的隐秘欢乐，安然不开心时总有酸奶化解一样，铁凝笔下的人物们无论何时何地都要在千篇一律的生活中发现一种微光、一种明亮。或者说，这位作家总能挤进生活的内部，发现其中的甘甜、人的可爱。那是什么样的甘甜，又是什么样的人的可爱呢？王蒙深有感慨地说："是穿越了众多的苦涩和酸楚之后，作者比一切失望更希望，比一切仇恨更疼惜，比一切痛苦更怡悦的爱心和趣味。她总是津津有味地兴致勃勃地乃至痴痴诚诚地直至得意洋洋地写到人，写到爱情，写到城市乡村（作者是一个既善于写乡村又善于写城市的作家，我知道不止一个年长的文学人更喜欢她的写乡村之作），写到平常的日子，写到国家民族，写到党政干部，写到画家编辑，写到穿衣打扮、购物吃饭、出国逛街、读书执炊，甚至尹小跳开电灯、钻被窝与骑凤凰车也写得那样有兴味，不是颓废的享乐与麻醉，而是纯真的无微不至的活泼与欣然。读完了，人物们再不幸也罢，人生与历史中颇有些不公正也罢，事情不如人意也罢，命运老是和自己的主人公开玩笑也罢，曾经非常贫穷非常落后非常封闭也罢，你仍然觉得她和她的人物们活得颇有滋味，看个《苏联妇女》杂志，看个阿尔巴尼亚故事片，都那么其乐无穷。”[1]因此，铁凝小说内在地给人以憧憬和向往，她有一种使读者重新认识生活、重新认识人之所以为人的能量。

发现生活内面的微光是一种能力，而另一种能力则在于她总能进入生活的“根部”，发现并勘探人性内部风景。比如短篇小说《安德烈的晚上》（1997年）。罐头厂职工安德烈的生活如此平常，他娶了自己的表妹，日子按部就班。每天他都会和同车间的女工姚秀芬聊天，后者常常会和他一起分享自己包的饺子，二人就这样波澜不惊地生活着。突然有一天安德烈要调到广播电台工作了，要和姚秀芬说再见时，两个老实人想到了“一夜情”。那是个夜晚，两个人要去安德烈的朋友家相会时，安德烈却忽然忘记了朋友家的门牌号，而此前他曾去过无数次。那个夜晚，安德烈和姚秀芬最终没有能找到属于他们的房间，而秀芬饭盒里的饺子在他们分手时也掉落了一地：“饭盒掉在地上，盖子被摔开，饺子落了一地，衬着黑夜，它们显得格外精巧、

1　王蒙：《读〈大浴女〉》，《读书》，2000年第9期。

细嫩，像有着生命的活物儿。安德烈慌着蹲下捡饺子，姚秀芬说捡也吃不得了。安德烈还捡，一边说你别管你别管。姚秀芬就也蹲下帮安德烈捡。两个人张着四只手，捕捉着地上那些有着生命的活物儿。四只手时有碰撞，却终未握在一起。也许他们都已明白，这一切已经有多么不合时宜。”[1]

仿佛什么都没发生，但又好像什么都发生过了。《安德烈的晚上》有着隐匿的一波三折，有着一个普通人内心的翻江倒海。小说的结尾是：“他骑上车往家，车把前的车筐里摆着姚秀芬那只边角坑洼的旧铝饭盒。安德烈准备继续用它装以后的午饭。他觉得生活里若是再没了这只旧饭盒，或许他就被这个城市彻底抛弃了。”[2]时间依然流逝，生活依然向前。某个晚上对于一个人的一生而言可能并不算什么。可是，因为作家潜心描摹的那只“边角坑洼的旧铝饭盒”，安德烈生命中惊心动魄的一瞬由此定格，小说使我们记住了一位普通中年男人曾经有的瞬间心动，微末的生活细节被这位小说家重新注视，而一切又因为这样的注视变得不一样。

《逃跑》发表于2003年。“逃跑”是这部小说的关键词。老宋来到一所地方剧团的传达室工作。他勤劳、本分、认真、任劳任怨，赢得了全团上下的信任，也收获了和剧团演员老夏的友谊。因此，在老宋罹患腿疾、面临截肢困境时，老夏和剧团人筹措了一笔钱以帮助他免于截肢。但老宋携款潜逃了，他用不到两千块钱锯掉腿，用剩下的钱来接济女儿和外孙……穷人的逻辑逐渐展现在读者面前，这令人震惊。《逃跑》根植于日常伦理，并不追求表面的喧腾和戏剧化。后来，老夏来到了老宋家乡，老宋远远看到他撒腿便跑，“如一只受了伤的野兽”逃离。由此，铁凝将老宋推到了道德 / 伦理绝境：在极端经济困境里，一个人如何保有整全的身体和尊严。已经很难用正确或错误、好或者不好来衡量老宋的行为了，事实上，这部作品并没有引领我们对老宋进行道德审判，相反，它在打开我们对世界的理解力，打开我们对人的认识力。[3]

“内面”如此具有吸引力，她带领我们发现这个世界的微妙与“魅性”。——铁凝拥有一种从“寻常”中发现“不寻常”的本领，她能敏锐觉察普通人流畅表达之下的某种磕磕绊绊，也能精微描摹出那平淡表情之下的隐隐不

---

1 铁凝：《安德烈的晚上》，《青年文学》，1997 年第 10 期。

2 铁凝：《安德烈的晚上》，《青年文学》，1997 年第 10 期。

3 详细分析见张莉《恰如其分的理解，或同情》，《北京文学》，2020 年第 9 期。

安；虽然所写几乎全是最日常最习见的生活，她却总能抵达基于生活逻辑的“出乎意表”；于是，那些普泛生活便一下子拥有了属于艺术品的神奇光泽。这是属于铁凝小说的不凡。

2006年，长篇小说《笨花》发表，小说讲述了向喜一家的抗战经验，这些人是中华民族的普通人，但也是坚韧而深具民族美德的人。小说有洗尽铅华之美，作家再次回到乡村、回到村庄内部的视角。尽管《香雪》和“三垛”等都书写乡村生活，其中也有一种朴素的思考，但《笨花》变得更为朴素，铁凝叙述缓慢，卓有耐心，她以一种凝练但又古朴的方式描摹冀中平原上那些朴素、平凡、善良的人们，她写下人性的光辉幽暗和民间烟火，展现了冀中平原一代代人民面对外族侵略时的民族气节，这是铁凝写作美学的一次重要调整，由此，她的长篇小说气象变得阔大、厚重，卓有气度。

贺绍俊认为《笨花》超越了个人生活经验的创作，王春林则认为这是铁凝的一次自我超越，与其以往长篇面目完全不同：“如果说《玫瑰门》与《大浴女》更多地将艺术的聚焦点投射向了对于人性中恶与丑的一面的挖掘与审视，那么《笨花》则将艺术的聚焦点更多地投射向了人性中善与美的一面，并且极其令人信服地在这善与美的表现过程中展示出了人性中正面力量的充沛与伟大……在《笨花》的写作过程中，铁凝向自我发出了具有相当难度的艺术挑战。但也正是在应对这一难度很大的自我艺术挑战的过程中，铁凝的小说创作于有意无意间踏入了一种如王国维所言‘眼界始大，感慨遂深’的全新的艺术境界之中。”[1]

这是重新回到最初美学风格系统的写作之变，虽然看起来依然书写人之美善，但与当年书写香雪时有重要不同。《笨花》里，铁凝逐渐形成了自己对何为中国精神、何为民族气质的理解并将这种理解切实体现在她的创作中。“笨花、洋花都是棉花。笨花产自本土，洋花由域外传来。有个村子叫笨花。”这是《笨花》的题记，它颇有含义处在于将笨和花视为事物的一体两面。“笨花”之“笨”里，有作为艺术家的本分、老实以及耐烦，也有作家对民族身份的清醒认知，这是看到外来世界后对自我处境的一次重要回视。要知道“自我”是谁，不妄自菲薄，但也不妄自尊大，——与其说这是一个低调的、不愿追赶文学风潮的写作者，不如说这是一个敏锐、深情、挚爱土地和人民、

1　王春林：《凡俗生活展示中的历史镜像——评铁凝长篇小说〈笨花〉》，《小说评论》，2006 年第 2 期。

拥有赤子之心的写作者。《笨花》中，铁凝以比朴素更朴素、比缓慢更缓慢的写作方式， 呈现了另一种独属于北中国的美学气质。

“小聪明是不难的，大老实是不易的。大的智慧往往是由大老实作底的。”[1]铁凝说。事实上，她对“大老实”品质情有独钟：“小说家更应该耐心而不是浮躁地、真切而不是花哨地关注人类的生存、情感、心灵，读者才有可能接受你的进攻。你生活在当代，而你应该有将过去与未来连接起来的心胸。这心胸的获得与小聪明无关，它需要一种大老实的态度，一颗工匠般的朴素的心。”[2]《笨花》最迷人的东西是什么？说到底，是一位作家面对生活、面对世界的“大老实”气质。

“诚”与“真”

2006 年，铁凝当选为中国作家协会主席。2016 年，铁凝当选为全国文联主席和中国作家协会主席。尽管工作繁忙，但写作一直以一种均匀节奏推进。2017 年出版的短篇小说集《飞行酿酒师》，收录了铁凝担任作协主席十年来创作的短篇小说，读者们惊讶地发现铁凝写作发生隐秘而细微的变化。

《伊琳娜的礼帽》（2009 年）被同行赞誉为有契诃夫小说神韵。作为旁观者，“我”目睹了一对俄罗斯男女在机舱的邂逅。尽管“我”不能听懂他们的语言，但他们的动作和表情却胜似千言万语。飞机落地后，一切戛然而止。伊琳娜和迎接她的丈夫拥抱，而目睹一切的儿子萨沙呢，“他朝我仰起脸，并举起右手，把他那根笋尖般细嫩的小小的食指竖在双唇中间，就像在示意我千万不要作声。”[3]——在狭窄封闭的有限空间里，小说将人的情感际遇写得风生水起、意蕴深长，从而揭示了人性内部的丰饶、幽微以及现代人“异域”处境的斑驳复杂。[4]

《伊琳娜的礼帽》获得首届郁达夫小说奖短篇小说大奖，得到了评委及同行的高度赞扬。王德威评价说：“叙事者冷眼旁观人间风情流转，时有神来之笔，本身社会、

---

1 铁凝、王尧、栾梅健：《“关系”一词在小说中——在苏州大学“小说家讲坛”上的讲演》，《当代作家评论》，2003 年第 6 期。

2 铁凝、王尧、栾梅健：《“关系”一词在小说中——在苏州大学“小说家讲坛”上的讲演》，《当代作家评论》，2003 年第 6 期。

3 铁凝：《伊琳娜的礼帽》，《飞行酿酒师》，北京：人民文学出版社，2017 年，第 20 页。

4 张莉：《作为酿酒师的小说家》，《文汇报》，2017 年 10 月 1 日。

情爱位置的自我反讽，尽在不言之中。全文严守短篇小说的时空限制，写来举重若轻。”[1] 作为同行，格非认为这部作品其实写了三个故事，“这三个本来是重叠的‘共时性’故事，作者将它们放在‘历时性’的线性层面展开。这样一来，原本很简单的故事陡然增加了厚度和力量。作者的匠心所指，正是短篇小说叙事艺术的精髓。”[2] 迟子建认为这部作品是铁凝近年小说创作中的“奇葩”：“机舱内由人间携来的不自由，与机舱外天空中广阔的自由，形成了强烈的反差，这似乎正是人类情感尴尬处境的真实写照。大胆而唯美，抒情而又节制的笔法，使小说焕发着温暖而忧伤的人性光辉。”[3]

近十多年来，铁凝笔下的故事发生地并不宽阔，它们大都发生在家庭的餐桌上，发生在饭馆、别墅、诊疗室、旅馆，机舱里，尽管活动范围有限，但读来却有宽广、辽阔之感，小说家在短篇小说的有限空间里极大拓展了表达的无限可能。虽然批评家们看到了变化，但也都注意到，铁凝小说里总有一种不变，即“香雪”身影的存在。是的，铁凝作品里的确有“香雪”，那些年长女性都可以视为香雪成长后的际遇，那是站在农村的、朴素的女性角度理解世界。——香雪身上最宝贵的是，她有未受世界浸染的真淳，这种真淳，在初写作者那里，是一种本能，正是这一写作初心使铁凝最初为人所识。如何不忘来路、不受世俗所扰但又使写作更上层楼，是这位作家面对的最大难度。这也是作品中一直有香雪身影的重要意义所在。某种意义上，正是对写作初心的专注、聚精会神和心无旁骛，才使铁凝成为铁凝。四十年风雨，四十年的创作实践，铁凝对文学、对世界、对人生有着自己诸多认知，换句话说，在这个状态写作的作者是“有知”之人，但她要克服自己的“有知”，努力让自己回到“无”，回到“诚”与“真”。以初心写作并不难，难的是一直保持初心并不断精进。

诚挚地看待并理解世界和他人而不让自己为风霜、成见所侵蚀，这是一位优秀写作者最大的“诚”，也是最大的“真”。正是这种属于艺术家的“诚”与“真”，使铁凝近几年的作品有种返璞的迷人质感。《火锅子》（2013年）讲述了一对老年夫妻的日常，两位老人一起吃火锅，但他和她的味觉和嗅觉已经退化，“他”的两个眼睛都得了白内障，“她”的是右眼。她发现，他热情夹给她的海带是“抹

---

1 《首届郁达夫小说奖终评公示》，《江南》，2010年第5期。

2 《首届郁达夫小说奖终评公示》，《江南》，2010年第5期。

3 《首届郁达夫小说奖终评公示》，《江南》，2010年第5期。

布”，不过，她舍不得告诉他，“她从盘子里拣一片大白菜盖住‘海带’说，好吃！好吃！”——虽是耄耋之年，但那种与爱、温暖、柔情、甜蜜、体恤有关的情感依然新如朝露，完全不因时光摧毁而暗淡。这只属于两个人的别样“缠绵”，远胜过我们所知道、所能想象到的“缱绻”“悱恻”“热烈”。

写作《火锅子》时的铁凝并非不了解这世上情爱关系越来越薄脆如纸，也并非不知晓许多婚姻里交织着的肮脏、背叛、仇恨和麻木。但是，这并不影响她对爱情的另一种认知和书写。小说家希望记取的是被我们忽略的日常之爱与平凡情感，她希望凝视夫妻关系里的体恤、包容、扶助和彼此珍重。某种意义上，《火锅子》是返璞，也是祛魅，它使我们从一种粗糙、简陋、物质唯上的情感中解放出来，重新认识爱情的质地，它的平实、普通，和隐秘的神性。[1]

《七天》（2012年）由一位别墅女主人的烦恼起笔，她不知如何对待家中那位不断长高的小保姆布谷。从家乡回来的布谷几天之内越来越高，实在让人震惊，不仅仅如此，她时时刻刻有饥饿感，要吃光冰箱里所有的东西，而与之相伴随的是她生理期的反常，鲜血淋漓不止……谁能猜到布谷突然长高的秘密呢？布谷家乡旁边新建了加工厂，从车间流出来的废水流进村外的河，那正是全村人吃水的河。孩子吃了河里的水，上课时坐不住，乱动。污水使布谷和家人的生活发生改变。在工厂做工的两个姐姐也越长越高，厂里辞退了她们，婆家退了亲。小说结尾，布谷主动离开了雇主家。她没有再去厨房大吃，而是把房间和卫生间清洗干净，留下字条，黎明之前悄悄离开。

小说想象力卓异，它从一个女性身体的反常讲起，写出了污染曾经给每个人带来的影响，《七天》里分明有着荒诞的情节处理和奇崛的想象，但我们依然能感受到一种巨大的诚意，正是这样的诚意让人感受到这是切实的、切肤的，与我们每个人的生活息息相关。纯朴的布谷让人想到当年的香雪，但是，布谷的故事远比香雪的故事更为复杂。——将深刻的理解力、洞察力与一种真淳的善意结合在一起，这是铁凝《七天》所带来的魅力。[2]

结语：持续的成熟

梳理铁凝四十年来的创作，多次想到奥登对“大诗人”

---

1 张莉：《爱情之树长青》，《北京文学》，2013年第7期。

2 张莉：《作为酿酒师的小说家》，《文汇报》，2017年10月1日。

的判断：“写一首好诗不难，难的是在不同的阶段总能写出不同于以往的好诗，而这是评价大诗人至为重要的标准。”铁凝不是诗人，但又是另一种意义上的诗人。从《香雪》到《没有纽扣的红衬衫》，从《孕妇和牛》《对面》到《永远有多远》，从《玫瑰门》《大浴女》到《笨花》《伊琳娜的礼帽》，无论从作品数量、质量、风格多样性以及成熟度而言，铁凝都有她的不变、她的守持，同时也有她的蜕变与持续成熟，——正是因为在不同阶段都能写出不同以往、不断精进的优秀作品，铁凝才被称为当代文学史上的重要作家。

“笨花”是如此的奇异，它花朵飞扬、果实朴素，我们任何时修都不能缺少它。——“笨花”无所不在地温暖着我们的日常，尤其是在我们寒冷、寂寞而又孤独的时候，它总能带给我们莫大慰藉。一如铁凝的文学世界，辽远、阔大、摇曳多姿又让人内心安稳，那里有属于“笨花”的温暖、有属于“笨花”的生机、更有属于“笨花”的丰饶与浩瀚。

2020 年 7 月初稿，

2021 年 2 月 17 日完稿

铁凝创作谈：

我在一个晚上发现房东的女儿和几个女伴梳洗打扮、更换衣裳。我以为她们是去看电影，问过之后才知道她们从来没有看过电影，她们是去看火车，去看每晚七点钟在村口只停留一分钟的一列火车。这一分钟就是香雪们一天里最宝贵的文化生活。为了这一分钟，她们仔细地洗去劳动一天蒙在脸上的黄土，她们甚至还洗脚，穿起本该过年才拿出来的家做新鞋，也不顾火车到站已是夜色模糊。这使我有点心酸——那火车上的人，谁会留神车窗下边这些深山少女的脚和鞋呢。然而这就是梦想的开始，这就是希冀的起点。她们会为了一个年轻列车员而吃醋、不和，她们会为没有看清车上某个女人头上的新型发卡而遗憾。少女像企盼恋人一样地注视无比雄壮的火车，火车也会借了这一分钟欣赏窗外的风景——或许这风景里也包括女孩子们。火车上的人们永远不会留神女孩子那刻意的打扮，可她们对火车仍然一往情深。

铁凝《三月香雪》

《人民日报》2018 年 6 月 16 日

短篇

哦，香雪

如果不是有人发明了火车，如果不是有人把铁轨铺进深山，你怎么也不会发现台儿沟这个小村。它和它的十几户乡亲，一心一意掩藏在大山那深深的皱褶里，从春到夏，从秋到冬，默默地接受着大山任意给予的温存和粗暴。

然而，两根纤细、闪亮的铁轨延伸过来了。它勇敢地盘旋在山腰，又悄悄地试探着前进，弯弯曲曲，曲曲弯弯，终于绕到台儿沟脚下，然后钻进幽暗的隧道，冲向又一道山梁，朝着神秘的远方奔去。

不久，这条线正式营运，人们挤在村口，看见那绿色的长龙一路呼啸，挟带着来自山外的陌生、新鲜的清风，擦着台儿沟贫弱的脊背匆匆而过。它走得那样急忙，连车轮辗轧钢轨时发出的声音好像都在说：不停不停，不停不停！是啊，它有什么理由在台儿沟站脚呢，台儿沟有人要出远门吗？山外有人来台儿沟探亲访友吗？还是这里有石油储存，有金矿埋藏？台儿沟，无论从哪方面讲，都不具备挽住火车在它身边留步的力量。

可是，记不清从什么时候起，列车时刻表上，还是多了“台儿沟”这一站。也许乘车的旅客提出过要求，他们中有哪位说话算数的人和台儿沟沾亲；也许是哪个快乐的男乘务员发现台儿沟有一群十七八岁的漂亮姑娘，每逢列车疾驶而过，她们就成帮搭伙地站在村口，翘起下巴，贪婪、专注地仰望着火车。有人朝车厢指点，不时能听见她们由于互相捶打而发出的一两声娇嗔的尖叫。也许什么都不为，就因为台儿沟太小了，小得叫人心疼，就是钢筋铁骨的巨龙在它面前也不能昂首阔步，也不能不停下来。总之，台儿沟上了列车时刻表，每晚七点钟，由首都方向开往山西的这列火车在这里停留一分钟。

这短暂的一分钟，搅乱了台儿沟以往的宁静。从前，台儿沟人历来是吃过晚饭就钻被窝，他们仿佛是在同一时刻听到了大山无声的命令。于是，台儿沟那一小片石头房子在同一时刻忽然完全静止了，静得那样深沉、真切，好像在默默地向大山诉说着自己的虔诚。如今，台儿沟的姑娘们刚把晚饭端上桌就慌了神，她们心不在焉地胡乱吃几口，扔下碗就开始梳妆打扮。她们洗净蒙受了一天的黄土、风尘，露出粗糙、红润的面色，把头发梳得乌亮，然后就比赛着穿出最好的衣裳。有人换上过年时才穿的新鞋，有人还悄悄往脸上涂点胭脂。尽管火车到站时已经天黑，她们还是按照自己的心思，刻意斟酌着服饰和容貌。然后，她们就朝村口，朝火车经过的地方跑去。香雪总是第一个出门，隔壁的凤娇第二个就跟了出来。

七点钟，火车喘息着向台儿沟滑过来，接着一阵空哐乱响，车身震颤一下，才停住不动了。姑娘们心跳着拥上前去，像看电影一样，挨着窗口观望。只有香雪躲在后边，双手紧紧捂着耳朵。看火车，她跑在最前边；火车来了，她却缩到最后去了。她有点害怕它那巨大的车头，车头那么雄壮地喷吐着白雾，仿佛一口气就能把台儿沟吸进肚里。它那撼天动地的轰鸣也叫她感到恐惧。在它跟前，她简直像一叶没根的小草。

“香雪，过来呀，看！”凤娇拉过香雪向一个妇女头上指，她指的是那个妇女头上别着的那一排金圈圈。

“怎么我看不见？”香雪微微眯着眼睛说。

“就是靠里边那个，那个大圆脸，看，还有手表哪，比指甲盖还小哩！”凤娇又有了新发现。

香雪不言不语地点着头，她终于看见了妇女头上的金圈圈和她腕上比指甲盖还要小的手表。但她也很快就发现了别的。“皮书包！”她指着行李架上一只普通的棕色人造革学生书包。就是那种连小城市都随处可见的学生书包。

尽管姑娘们对香雪的发现总是不感兴趣，但她们还是围了上来。

“哟，我的妈呀，你踩着我脚啦！”凤娇一声尖叫，埋怨着挤上来的一个姑娘。她老是爱一惊一乍的。

“你咋呼什么呀，是想叫那个小白脸和你搭话了吧？”被埋怨的姑娘也不示弱。

“我撕了你的嘴！”凤娇骂着，眼睛却不由自主地朝第三节车厢的车门望去。

那个白白净净的年轻乘务员真下车来了。他身材高大，头发乌黑，说一口漂亮的北京话。也许因为这点，姑娘们私下里都叫他“北京话”。“北京话”双手抱住胳膊肘，和她们站得不远不近地说：“喂，我说小姑娘们，别扒窗户，危险！”

“哟，我们小，你就老了吗？”大胆的凤娇回敬了一句。

姑娘们一阵大笑，不知谁还把凤娇往前一搡，弄得她差点撞在他身上。这一来反倒更壮了凤娇的胆：“喂，你们老待在车上不头晕？”她又问。

“房顶子上那个大刀片似的，那是干什么用的？”又一个姑娘问。她指的是车厢里的电扇。

“烧水在哪儿？”

“开到没路的地方怎么办？”

“你们城市里一天吃几顿饭？”香雪也紧跟在姑娘们后边小声问了一句。

“真没治！”“北京话”陷在姑娘们的包围圈里，不知所措地嘟囔着。

快开车了，她们才让出一条路，放他走。他一边看表，一边朝车门跑去，跑到门口，又扭头对她们说：“下次吧，下次告诉你们！”他的两条长腿灵巧地向上一跨就上了车，接着一阵叽哩哐啷，绿色的车门就在姑娘们面前沉重地合上了。列车一头扎进黑暗，把她们撇在冰冷的铁轨旁边。很久，她们还能感觉到它那越来越轻的震颤。

一切又恢复了寂静，静得叫人惆怅。姑娘们走回家去，路上总要为一点小事争论不休：

“谁知道别在头上的金圈圈是几个？”

“八个。”

“九个。”

“不是！”

“就是！”

“凤娇你说哪？”

“她呀，还在想‘北京话’哪！”有人开起了凤娇的玩笑。

“去你的，谁说谁就想。”凤娇说着捏了一下香雪的手，意思是叫香雪帮腔。

香雪没说话，慌得脸都红了。她才十七岁，还没学会怎样在这种事上给人家帮腔。

“他的脸多白呀！”那个姑娘还在逗凤娇。

“白？还不是在那大绿屋里捂的。叫他到咱台儿沟住几天试试。”有人在黑影里说。

“可不，城里人就靠捂。要论白，叫他们和咱香雪比比。咱们香雪，天生一副好皮子，再照火车上那些闺女的样儿，把头发烫成弯绕绕，啧啧！‘真没治’！凤娇姐，你说是不是？”

凤娇不接碴儿，松开了香雪的手。好像姑娘们真在贬低她的什么人一样，她心里真有点替他抱不平呢。不知怎么的，她认定他的脸绝不是捂白的，那是天生。

香雪又悄悄把手送到凤娇手心里，她示意凤娇握住她的手，仿佛请求凤娇的宽恕，仿佛是她使凤娇受了委屈。

“凤娇，你哑巴啦？”还是那个姑娘。

“谁哑巴啦！谁像你们，专看人家脸黑脸白。你们喜欢，你们可跟上人家走啊！”凤娇的嘴很硬。

“我们不配！”

“你担保人家没有相好的？”

……

不管在路上吵得怎样厉害，分手时大家还是十分友好的，因为一个叫人兴奋的念头又在她们心中升起：明天，火车还要经过，她们还会有一个美妙的一分钟。和它相比，闹点小别扭还算回事吗？

哦，五彩缤纷的一分钟，你饱含着台儿沟的姑娘们多少喜怒哀乐！

日久天长，这五彩缤纷的一分钟，竟变得更加五彩缤纷起来，就在这个一分钟里，她们开始挎上装满核桃、鸡蛋、大枣的长方形柳条篮子，站在车窗下，抓紧时间跟旅客和和气气地做买卖。她们踮着脚尖，双臂伸得直直的，把整筐的鸡蛋、红枣举上窗口，换回台儿沟少见的挂面、火柴，以及属于姑娘们自己的发卡、香皂。有时，有人还会冒着回家挨骂的风险，换回花色繁多的纱巾和能松能紧的尼龙袜。

凤娇好像是大家有意分配给那个“北京话”的，每次都是她提着篮子去找他。她和他做买卖故意磨磨蹭蹭，车快开时才把整篮的鸡蛋塞给他。要是他先把鸡蛋拿走，下次见面时再付钱，那就更够意思了。如果他给她捎回一捆挂面、两条纱巾，凤娇就一定抽出一斤挂面还给他。她觉得，只有这样才对得起和他的交往，她愿意这种交往和一般的做买卖有所区别。有时她也想起姑娘们的话：“你担保人家没有相好的？”其实，有没有相好的不关凤娇的事，她又没想过跟他走。可她愿意对他好，难道非得是相好的才能这么做吗？

香雪平时话不多，胆子又小，但做起买卖却是姑娘中最顺利的一个。旅客们爱买她的货，因为她是那么信任地瞧着你，那洁如水晶的眼睛告诉你，站在车窗下的这个女孩子还不知道什么叫受骗。她还不知道怎么讲价钱，只说："你看着给吧。"你望着她那洁净得仿佛一分钟前才诞生的面孔，望着她那柔软得宛若红缎子似的嘴唇，心中会升起一种美好的感情。你不忍心跟这样的小姑娘耍滑头，在她面前，再爱计较的人也会变得慷慨大度。

有时她也抓空儿向他们打听外面的事，打听北京的大学要不要台儿沟人，打听什么叫"配乐诗朗诵"（那是她偶然在同桌的一本书上看到的）。有一回她向一位戴眼镜的中年妇女打听能自动开关的铅笔盒，还问到它的价钱。谁知没等人家回话，车已经开动了。她追着它跑了好远，当秋风和车轮的呼啸一同在她耳边鸣响时，她才停下脚步意识到，自己的行为是多么可笑啊。

火车眨眼间就无影无踪了。姑娘们围住香雪，当她们知道她追火车的原因后，便觉得好笑起来。

"傻丫头!"

"值不当的！"

她们像长者那样拍着她的肩膀。

“就怪我磨蹭，问慢了。”香雪可不认为这是一件值不当的事，她只是埋怨自己没抓紧时间。

“咳，你问什么不行呀！”凤娇替香雪挎起篮子说。

“谁叫咱们香雪是学生呢。”也有人替香雪分辩。

也许就因为香雪是学生吧，是台儿沟唯一考上初中的人。

台儿沟没有学校，香雪每天上学要到十五里以外的公社。尽管不爱说话是她的天性，但和台儿沟的姐妹们总是有话可说的。公社中学可就没那么多姐妹了，虽然女同学不少，但她们的言谈举止，一个眼神，一声轻轻的笑，好像都是为了叫香雪意识到，她是小地方来的，穷地方来的。她们故意一遍又一遍地问她：“你们那儿一天吃几顿饭？”她不明白她们的用意，每次都认真地回答：“两顿。”然后又友好地瞧着她们反问道：“你们呢？”

“三顿！”她们每次都理直气壮地回答。之后，又对香雪在这方面的迟钝感到说不出的怜悯和气恼。

“你上学怎么不带铅笔盒呀？”她们又问。

“那不是吗。”香雪指指桌角。

其实，她们早知道桌角那只小木盒就是香雪的铅笔盒，但她们还是做出吃惊的样子。每到这时，香雪的同桌就把自己那只宽大的泡沫塑料铅笔盒摆弄得哒哒乱响。这是一只可以自动合上的铅笔盒，很久以后，香雪才知道它所以能自动合上，是因为铅笔盒里包藏着一块不大不小的吸铁石。香雪的小木盒呢，尽管那是当木匠的父亲为她考上中学特意制作的，它在台儿沟还是独一无二的呢。可在这儿，和同桌的铅笔盒一比，为什么显得那样笨拙、陈旧？它在一阵哒哒声中有几分羞涩地畏缩在桌角上。

香雪的心再也不能平静了，她好像忽然明白了同学们对于她的再三盘问，明白了台儿沟是多么贫穷。她第一次意识到这是不光彩的，因为贫穷，同学们才敢一遍又一遍地盘问她。她盯住同桌那只铅笔盒，猜测它来自遥远的大城市，猜测它的价钱肯定非同寻常。三十个鸡蛋换得来吗？还是四十个？五十个？这时她的心又忽地一沉：怎么想起这些了？娘攒下鸡蛋，不是为了叫她乱打主意啊！可是，为什么那诱人的哒哒声老是在耳边响个没完？

深秋，山风渐渐凛冽了，天也黑得越来越早。但香雪和她的姐妹们对于七点钟的火车，是照等不误的。她们可以穿起花棉袄了，凤娇头上别起了淡粉色的有机玻璃发卡，有些姑娘的辫梢还缠上了夹丝橡皮筋。那是她们用鸡蛋、核桃从火车上换来的。她们仿照火车上那些城里姑娘的样子把自己武装起来，整齐地排列在铁路旁，像是等待欢迎远方的贵宾，又像是准备着接受检阅。

火车停了，发出一阵沉重的叹息，像是在抱怨台儿沟的寒冷。今天，它对台儿沟表现了少有的冷漠：车窗全部紧闭着，旅客在昏黄的灯光下喝茶、看报，没有人向窗外瞥一眼。那些眼熟的、常跑这条线的人们，似乎也忘记了台儿沟的姑娘。

凤娇照例跑到第三节车厢去找她的“北京话”。香雪系紧头上的紫红色线围巾，把臂弯里的篮子换了换手，也顺着车身不停地跑着。她尽量高高地踮起脚，希望车厢里的人能看见她的脸。车上一直没有人发现她，她却在一张堆满食品的小桌上，发现了渴望已久的东西。它的出现，使她再也不想往前走了，她放下篮子，心跳着，双手紧紧扒住窗框，认清了那真是一只铅笔盒，一只装有吸铁石的自动铅笔盒。它和她离得那样近，如果不是隔着玻璃，她一伸手就可以摸到。

一位中年女乘务员走过来拉开了香雪。香雪挎起篮子站在远处继续观察。当她断定它属于靠窗那位女学生模样的姑娘时，就果断地跑过去敲起了玻璃。女学生转过脸来，看见香雪臂弯里的篮子，抱歉地冲她摆了摆手，并没有打开车窗的意思。不知怎么的她朝车门跑去，当她在门口站定时，还一把扒住了扶手。如果说跑的时候她还有点犹豫，那么从车厢里送出来的一阵阵温馨的、火车特有的气息却坚定了她的信心，她学着"北京话"的样子，轻巧地跃上了踏板。她打算以最快的速度跑进车厢，以最快的速度用鸡蛋换回铅笔盒。也许，她所以能够在几秒钟内就决定上车，正是因为她拥有那么多鸡蛋吧，那是四十个。

香雪终于站在火车上了。她挽紧篮子，小心地朝车厢迈出了第一步。这时，车身忽然悸动了一下，接着，车门被人关上了。当她意识到眼前发生了什么事时，列车已经缓缓地向台儿沟告别了。香雪扑到车门上，看见凤娇的脸在车下一晃。看来这不是梦，一切都是真的，她确实离开姐妹们，站在这既熟悉又陌生的火车上了。她拍打着玻璃，冲凤娇叫喊："凤娇！我怎么办呀，我可怎么办呀！"

列车无情地载着香雪一路飞奔，台儿沟刹那间就被抛在后面了。下一站叫西山口，西山口离台儿沟三十里。

三十里，对于火车、汽车真的不算什么，西山口在旅客们闲聊之中就到了。这里上车的人不少，下车的只有一位旅客，那就是香雪。她胳膊上少了那只篮子，她把它塞到那个女学生座位下面了。

在车上，当她红着脸告诉女学生，想用鸡蛋和她换铅笔盒时，女学生不知怎么的也红了脸。她一定要把铅笔盒送给香雪，还说她住在学校吃食堂，鸡蛋带回去也没法吃。她怕香雪不信，又指了指胸前的校徽，上面果真有“矿冶学院”几个字。香雪却觉着她在哄她，难道除了学校她就没家吗？香雪一面摆弄着铅笔盒，一面想着主意。台儿沟再穷，她也从没白拿过别人的东西。就在火车停顿前发出的几秒钟的震颤里，香雪还是猛然把篮子塞到女学生的座位下面，迅速离开了。

车上，旅客们曾劝她在西山口住一夜再回台儿沟。热情的“北京话”还告诉她，他爱人有个亲戚就住在站上。香雪并没有住，更不打算去找“北京话”的什么亲戚，他的话倒使她感到了委屈，她替凤娇委屈，替台儿沟委屈。她只是一心一意地想：赶快走回去，明天理直气壮地去上学，理直气壮地打开书包，把“它”摆在桌上。车上的人既不了解火车的呼啸曾经怎样叫她像只受惊的小鹿那样不知所措，更不了解山里的女孩子在大山和黑夜面前到底有多大本事。

列车很快就从西山口车站消失了，留给她的又是一片空旷。一阵寒风扑来，吸吮着她单薄的身体。她把滑到肩上的围巾紧裹在头上，缩起身子在铁轨上坐了下来。香雪感受过各种各样的害怕，小时候她怕头发，身上沾着一根头发择不下来，她会急得哭起来；长大了她怕晚上一个人到院子里去，怕毛毛虫，怕被人胳肢（凤娇最爱和她来这一手）。现在她害怕这陌生的西山口，害怕四周黑幽幽的大山，害怕叫人心跳的寂静，当风吹响近处的小树林时，她又害怕小树林发出的窸窸窣窣的声音。三十里，一路走回去，该路过多少大大小小的林子啊！

一轮满月升起来了，照亮了寂静的山谷，灰白的小路，照亮了秋日的败草、粗糙的树干，还有一丛丛荆棘、怪石，还有漫山遍野那树的队伍，还有香雪手中那只闪闪发光的小盒子。

她这才想到把它举起来仔细端详。她想，为什么坐了一路火车，竟没有拿出来好好看看？现在，在皎洁的月光下，她才看清了它是淡绿色的，盒盖上有两朵洁白的马蹄莲。她小心地把它打开，又学着同桌的样子轻轻一拍盒盖，“哒”的一声，它便合得严严实实。她又打开盒盖，觉得应该立刻装点东西进去。她从兜里摸出一只盛擦脸油的小盒放进去，又合上了盖子。只有这时，她才觉得这铅笔盒真属于她了，真的。她又想到了明天，明天上学时，她多么盼望她们会再三盘问她啊！

她站了起来，忽然感到心里很满意，风也柔和了许多。她发现月亮是这样明净。群山被月光笼罩着，像母亲庄严、神圣的胸脯；那秋风吹干的一树树核桃叶，卷起来像一树树金铃铛，她第一次听清它们在夜晚，在风的怂恿下“豁啷啷”地歌唱。她不再害怕了，在枕木上跨着大步，一直朝前走去。大山原来是这样的！月亮原来是这样的！核桃树原来是这样的！香雪走着，就像第一次认出养育她成人的山谷。台儿沟呢？不知怎么的，她加快了脚步。她急着见到它，就像从来没见过它那样觉得新奇。台儿沟一定会是“这样的”：那时台儿沟的姑娘不再央求别人，也用不着回答人家的再三盘问。火车上的漂亮小伙子都会求上门来，火车也会停得久一些，也许三分、四分，也许十分、八分。它会向台儿沟打开所有的门窗，要是再碰上今晚这种情况，谁都能从从容容地下车。

今晚台儿沟发生了什么事？对了，火车拉走了香雪。为什么现在她像闹着玩儿似的去回忆呢？四十个鸡蛋也没有了，娘会怎么说呢？爹不是盼望每天都有人家娶媳妇、聘闺女吗？那时他才有干不完的活儿，他才能光着红铜似的脊梁，不分昼夜地打出那些躺柜、碗橱、板箱，挣回香雪的学费。想到这儿，香雪站住了，月光好像也黯淡下来，脚下的枕木变成一片模糊。回去怎么说？她环视群山，群山沉默着；她又朝着近处的杨树林张望，杨树林窸窸窣窣地响着，并不真心告诉她应该怎么做。是哪儿来的流水声？她寻找着，发现离铁轨几米远的地方，有一道浅浅的小溪。她走下铁轨，在小溪旁边蹲了下来。她想起小时候有一回和凤娇在河边洗衣裳，碰见一个换芝麻糖的老头。凤娇劝香雪拿一件旧汗褂换几块糖吃，还教她对娘说，那件衣裳不小心叫河水给冲走了。香雪很想吃芝麻糖，可她到底没换。她还记得，那老头真心实意等了她半天呢。为什么她会想起这件小事？也许现在应该骗娘吧，因为芝麻糖怎么也不能和铅笔盒的重要性相比。她要告诉娘，这是一个宝盒子，谁用上它，就能一切顺心如意，就能上大学、坐上火车到处跑，就能要什么有什么，就再也不会被人盘问她们每天吃几顿饭了。娘会相信的，因为香雪从来不骗人。

小溪的歌唱高昂起来了，它欢腾着向前奔跑，撞击着水中的石块，不时溅起一朵小小的浪花。香雪也要赶路了，她捧起溪水洗了把脸，又用沾着水的手抿光被风吹乱的头发。水很凉，但她觉得很精神。她告别了小溪，又回到了长长的铁路上。

前边又是什么？是隧道，它愣在那里，就像大山的一只黑眼睛。香雪又站住了，但她没有返回去，她想到怀里的铅笔盒，想到同学们惊羡的目光，那些目光好像就在隧道里闪烁。她弯腰拔下一根枯草，将草茎插在小辫里。娘告诉她，这样可以“避邪”。然后她就朝隧道跑去。确切地说，是冲去。

香雪越走越热了，她解下围巾，把它搭在脖子上。她走出了多少里？不知道。尽管草丛里的“纺织娘”“油葫芦”总在鸣叫着提醒她。台儿沟在哪儿？她向前望去，她看见迎面有一颗颗黑点在铁轨上蠕动。再近一些她才看清，那是人，是迎着她走过来的人群。第一个是凤娇，凤娇身后是台儿沟的姐妹们。

香雪想快点跑过去，但脚为什么变得异常沉重？她站在枕木上，回头望着笔直的铁轨，铁轨在月亮的照耀下泛着清淡的光，它冷静地记载着香雪的路程。她忽然觉得心头一紧，不知怎么的就哭了起来，那是欢乐的泪水、满足的泪水。面对严峻而又温厚的大山，她心中升起一种从未有过的骄傲。她用手背抹净眼泪，拿下插在辫子里的那根草棍儿，然后举起铅笔盒，迎着对面的人群跑去。

山谷里突然爆发了姑娘们欢乐的呐喊。她们叫着香雪的名字，声音是那样奔放、热烈；她们笑着，笑得是那样不加掩饰、无所顾忌。古老的群山终于被感动得战栗了，它发出洪亮低沉的回音，和她们共同欢呼着。

哦，香雪！香雪！

《青年文学》1982 年第 5 期

名家点评

这篇小说，从头到尾都是诗，它是一泻千里的，始终一致的。

这是一首纯净的诗，即是清泉。它所经过的地方，也都是纯净的境界。

读完以后，我就退到一个角落里，以便有更多的时间，享受一次阅读的愉快，我忘记了咳嗽，抽了一支烟。我想：过去，读过什么作品以后，有这种纯净的感觉呢？我第一个想到的，竟是苏东坡的《赤壁赋》。

我也算读过你的一些作品了。我总感觉，你写农村最合适，一写到农村，你的才力便得到充分的发挥，一写到那些女孩子们，你的高尚的纯洁的想象，便如同加上翅膀一样，能往更高处、更远处飞翔。

是的，我也写过一些女孩子，我哪里有你写得好！在农村工作时，我确实以很大的注意力，观察了她们，并不惜低声下气地接近她们，结交她们。二十多年里，我确实相信曹雪芹的话：女孩子们心中，埋藏着人类原始的多种美德！这些美好的东西，随着她们的年龄增长，随着她们的为生活操劳，随着人生的不可避免的达尔文规律，逐渐减少，直至消失。我，直到晚年，才深深感到其中的酸苦滋味。

小说家，散文家 孙犁

作者的命意，就在于通过情绪的感染力，烘托和渲染出山村女儿香雪的美丽的心胸、美丽的气质。她是善良淳朴的。但是，她更美的是她的朴素而热烈的追求。她的追求绝不是什么“铅笔盒”，否则就太藐视我们的香雪了；她追求的是“明天”，每一个不同于昨天的新的“明天”，那也就是对不断变化的新生活的全部憧憬、信心和神往。

文学评论家 雷达

铁凝创作谈：

有一次我到一个地方去，都快收麦子了，麦穗已经很饱满，麦田一望无际，在地头上，站着一个怀孕的妇女，挺着大肚子特别自豪。我觉得那个“景象”特别打动人，就想把它写成小说。

铁凝、朱育颖访谈《精神的田园》

《小说评论》2003年第3期

短篇

孕妇和牛

孕妇牵着牛从集上回来，在通向村子的土路上走。

节气已过霜降，午后的太阳照耀着平坦的原野，干净又暖和，孕妇信手撒开缰绳，好让牛自在。缰绳一撒，孕妇也自在起来，无牵挂地摆动着两条健壮的胳膊。她的肚子已经很明显地隆起，把碎花薄棉袄的前襟支起来老高。这使她的行走带出了一种气势，像个雄赳赳的将军。

牛与孕妇若即若离，当它拐进麦地歪起脖子啃麦苗地，孕妇才唤一声："黑，出来。"

黑是牛的名字，牛却是黄色的。

黑迟迟不肯离开麦地，孕妇就恼了："黑！"她喝道。

她的吆喝在寂静的旷野显得悠长，传得很远，好似正和远处的熟人打着亲热的招呼："嘿！"

远处没有别人，黑只好独自响应孕妇这恼，它忙着又啃两口，才溜出麦地，拐上了正道。

远处已经出现了那座白色的牌楼。穿过牌楼，家就不远了，四下里是如此的旷达，那气派、堂皇的汉白玉牌楼宛若从天而降，突然矗立在大地上，让人毫无准备，即使对这牌楼望了一辈子的老人，每逢看见蓝天下这耀眼的存在，仍不免有种突然的感觉。

孕妇遥望着牌楼，心想多亏我嫁到了这儿啊。每回见到牌楼，孕妇都不免感叹她的出嫁。

孕妇的娘家在山里，山里的日子不如山前的平原。可孕妇长得俊。俊就是财富，俊就叫人觉得日子有奔头儿。孕妇的爹娘供不起闺女上学，却也不叫她做粗活儿，什么好吃的都尽着她，仿佛在武装一个能献得出手的宝贝。他们一心一意要送这宝贝出山，到富裕的平原去见他们终生也见不着的世面。

孕妇终于嫁到了山前。她的婆婆自豪地给她讲解这里的好风水：这地盘本是清朝一个王爷的坟茔，王爷的陵墓就在村北，那白花花的大牌楼就属于那个王爷。孕妇并不知王爷是多大的官，也不知清朝距离今天有多么远，可她见过了坟墓和牌楼。墓早已被盗，只剩下一个盆样的大坑，坑里是疯长的荒草和碎砖烂瓦。孕妇站在坑边，望着坑底那些阴沉的青砖想着，多亏我嫁到了这儿啊。这大坑原本也是富贵的象征，里边的宝贝虽已被盗贼劫空，可它毕竟盛过宝贝。这坑、这牌楼保佑了这地方的富庶，这就是风水。

孕妇在这风水宝地过着舒心的日子，人更俊了。没有村人敢耻笑她那生硬的山里口音。公婆和丈夫待她很好，丈夫常说，为了媳妇，什么钱多他就干什么。如今的城市需要各式各样的高楼大厦，农闲时丈夫就随建筑队进城作工。婆婆搬过来与孕妇就伴儿，净给她沏红糖水喝。红糖水把孕妇的嘴唇弄得湿漉漉地红，人就异常地新鲜。婆婆逢人便夸儿媳："俊得少有！"

孕妇怀孕了，越发显得娇贵，越发任性地愿意出去走走。她爱赶集，不是为了买什么，而是为了什么都看看，婆婆总是牵出黑来让孕妇骑，怕孕妇累着身子。

黑也怀了孕哪，孕妇想。但她接过了缰绳，她愿意在空荡的路上有黑做伴儿。她和它各自怀着一个小生命仿佛有点儿同病相怜，又有点儿共同的自豪感。于是，她们一块儿腆着骄傲的肚子上了路。

孕妇从不骑黑，走快走慢也由着黑的性儿。初到平原，孕妇眼前十分的开阔；住久了平原，孕妇眼里又多了些寂寞。住在山里望不出山去，眼光就短：可平原的尽头又是些什么呢？孕妇走着想着，只觉得她是一辈子也走不到平原的尽头了。当她走得实在沉闷才冷不丁叫一声："黑——呀！"她夸张地拖着长声，把专心走路的黑弄得挺惊愕。黑停下来，拿无比温顺的大眼瞪着孕妇，而孕妇早已走到它前头去了，四周空无一人。黑直着脖子笨拙而又急忙地往前赶，却发现孕妇又落在了它的身后。于是孕妇无声地乐了，"黑——呀！"她轻轻地叹着，平原顿时热闹起来。孕妇给自己造出来一点儿热闹，觉得太阳底下就不仅是她和黑闲散地走，还有她的叫嚷，她的肚子响亮的蠕动，还有黑的笨手笨脚。

像往常一样，孕妇从集上空手而归，伙同着黑慢慢走近了那牌楼，太阳的光芒渐渐柔和下来，涂抹着孕妇有些浮肿的脸，涂抹着她那蒙着一层小汗珠的鼻尖，她的鼻子看上去很晶莹。远处依稀出现了三三两两的黑点，是那些放学归来的孩子。孕妇累了。每当她看见在地上跑跳着的孩子，就觉出身上累。这累源于她那沉重的肚子，她觉得实在是这肚子跟她一起受了累，或者，干脆就是肚里的孩子在受累。她双手托住肚子直奔躺在路边的那块石碑，好让这肚子歇歇。孕妇在石碑上坐下，黑又信步走去了麦地闲逛。

这巨大的石碑也属于那个王爷，从前被同样巨大的石龟驮在背上，与那白色的牌楼遥相呼应。后来这石碑让一些城里来的粗暴的年轻人给推倒了。孕妇听婆婆说过，那些年轻人也曾经想推倒那堂皇的牌楼，推不动，就合计着用炸药。婆婆的爹率领着村人给那些青年下了跪，牌楼保住了。那石碑却再也没有立起来。

石碑躺在路边，成了过路人歇脚的坐物。边边沿沿让屁股们磨得很光滑。碑上刻着一些文字，字很大，个个如同海碗。孕妇不识字，她曾经问过丈夫那是些什么字。丈夫也不知道，丈夫只念了三年小学。于是丈夫说："知道了有什么用？一个老辈子的东西。"

孕妇坐在石碑上，又看见了这些海碗大的字，她的屁股压住了其中一个。这次她挪开了，小心地坐住碑的边沿。她弄不明白为什么她要挪这一挪，从前她歇脚，总是一屁股就坐上去，没想过是否坐在了字上。那么，缘故还是出自胸膛下边的这个肚子吧。孕妇对这肚子充满着希冀，这希冀又因为远处那些越来越清楚的小黑点而变得更加具体——那些放学的孩子。那些孩子是与字有关联的，孕妇莫名地不敢小视他们。小视了他们，仿佛就小视了她现时的肚子。

孕妇相信，她的孩子将来无疑要加入这上学、放学的队伍，她的孩子无疑要识很多字，她的孩子无疑要问她许多问题，就像她从小老是在她的母亲跟前问这问那。若是她领着孩子赶集（孕妇对领着孩子赶集有着近乎狂热的向往），她的孩子无疑也要看见这石碑的，她的孩子也会问起这碑上的字啊，就像从前她问她的丈夫。她不能够对孩子说不知道，她不愿意对不起她的孩子。可她实在不认识这碑上的字。这时的孕妇，心中惴惴的，仿佛肚里的孩子已经跳出来逼她了。

放学的孩子们走近了孕妇和石碑，各自按照辈分和她打着招呼。她叫住了其中一个本家侄子，向他要了一张白纸和一支铅笔。

孕妇一手握着铅笔，一手拿着白纸，等待着孩子们远去。她觉得这等待持续了很久，她就仿佛要背着众人去做一件鬼祟的事。

当原野重又变得寂静如初时，孕妇将白纸平铺在石碑上，开始了她的劳作：她要把这些海碗样的大字抄录在纸上带回村里，请教识字的先生那字的名称，请教那些名称的含义。当她打算落笔，才发现这劳作于她是多么不易。孕妇的手很巧，描龙绣凤、扎花纳底子都不怵，却支配不了手中这支笔。她努力端详着那于她来说十分陌生的大字，越看那些字就越不像字，好比一团叫不出名称的东西。于是她把眼睛挪开，去看远处的天空和大山，去看辽阔的平原上偶尔的一棵小树，去看奔腾在空中的云彩，去看围绕着牌楼盘旋的寒鸦。它们分散着她的注意，又集中着她的精力，使她终于收回眼光，定住了神。她再次端详碑上的大字，然后胆怯而又坚决地在白纸上落下了第一笔。

有了这第一笔，就什么都不能阻挡孕妇的书写和描画了。她描画着它们，心中揣测它们代表着什么意思。虽然她不知道它们是什么意思，她却懂得那一定是些很好的意思，因为字们个个都很俊——她想到了通常人们对她的形容。这想法似乎把她自己和那些字连得更紧了一点儿，使她心中充满着羞涩的欣喜。她愿意用俊来形容慢慢出现在她笔下的这些字，这些字又叫她由不得感叹：字是一种多么好的东西呵！

夕阳西下，孕妇伏在石碑上已经很久。她那过于努力的描画使她出了很多的汗，汗浸湿了她的袄领，汗珠又顺着袄领跌进她的胸脯。她的脸红通通的，茁壮的手腕不时地发着抖。可她不能停笔，她的心不叫她停笔。她长到这么大，还从来没有遇见过一桩这么累人、又这么不愿停手的活儿，这活儿好像使尽了她毕生的聪慧毕生的力。

不知什么时候，黑已从麦地返了回来，卧在了孕妇的身边。它静静地凝视着孕妇，它那憔悴的脸上满是安然的驯顺，像是守候，像是助威，像是鼓励。

孕妇终于完成了她的劳作。在朦胧的暮色中她认真地数了又数，那碑上的大字是十七个：

忠敬诚直勤慎廉明和硕怡贤亲王神道碑

孕妇认真地数了又数，她的白纸上也落着十七个字：

忠敬诚宜勤慎廉明和硕怡贤亲王神道碑

纸上的字歪扭而又奇特，像盘错的长虫，像混乱的麻绳。可它们毕竟不是鞋底子不是花绷子，它们毕竟是字。有了它们，她似乎才获得了一种资格，她似乎才真的俊秀起来，她似乎才敢与她未来的婴儿谋面。那是她提前的准备，她要给她的孩子一个满意的回答。她的孩子必将在与俊秀的字们打交道中成长，她的孩子对她也必有许多的愿望，她也要像孩子愿望的那样，美好地成长。孩子终归要离开孕妇的肚子，而那块写字的碑却永远地立在了孕妇的心中。每个人的心中，多少都立着点儿什么吧。为了她的孩子，她找到了一块石碑，那才是心中的好风水。

孕妇将她劳作的果实揣进袄兜儿，捶着酸麻的腰，呼唤身边的黑启程。在牌楼的那一边，她那村庄的上空已经升起了炊烟。

黑却执意不肯起身，它换了跪的姿势，要它的主人骑上去。

"黑——呀！"孕妇怜悯地叫着，强令黑站起来。她的手禁不住去抚摸黑那沉笨的肚子。想到黑的临产期也快到了，黑的孩子说不定会和她的孩子同一天出生。黑站了起来。

孕妇和黑在平原上结伴而行，像两个相依为命的女人。黑身上释放出的气息使孕妇觉得而可靠，她不住地抚摸它，它就拿脸蹭着她的手作为回报。孕妇和黑在平原上结伴而行，互相检阅着，又好比两位检阅着平原的将军。天黑下去，牌楼固执地泛着模糊的白光，孕妇和黑已将它丢在了身后。她检阅着平原、星空，她检阅着远处的山近处的树，树上黑帽子样的鸟窝，还有嘈杂的集市，怀孕的母牛，陌生而俊秀的大字，她未来的婴儿，那婴儿的未来……她觉得样样都不可缺少，或者，她一生需要的不过是这几样了。

一股热乎乎的东西在孕妇的心里涌现，弥漫着她的心房。她很想把这突然的热乎乎说给什么人听，她很想对人形容一下她心中这突然的发热，她永远也形容不出，心中的这一股情绪就叫做感动。

“黑——呀！”孕妇只在黑暗中小声儿地嘟囔着，声音有点儿颤，宛若幸福的呓语。

《中国作家》1992 年第 2 期

名家点评

这篇小说没有故事，就是写一个孕妇和一头牛（也是有孕的）做伴去逛了一趟集，在回家的路上走。一路上人自在，牛也自在……

评论家会捉摸：这篇小说写的是什么？

再清楚不过了：写的是向往。或者像小说里明写出来的，“希冀”。或者像你们有学问的人所说的“憧憬”。或者直截了当地说，写的是幸福。

古人说：“愁苦之言易好，欢愉之言难口。”铁凝能做到“人所难言，我易言之”。这是一篇快乐的小说，温暖的小说，为这个世界祝福的小说。

作家，散文家 汪曾祺

作家本人的个性和气质与她的创作追求融为一体所诞生的作品必然是一曲曲清新真诚的歌谣，这歌谣里面因为渗入一颗执着的心灵对生命的纯净瞬间的捕捉和追求而显得尤为动人。同样是因为这一点，铁凝才能在20世纪90年代的文坛上，在早已消逝了的牧歌的时代，又唱出一曲悠扬的“牧歌”。《孕妇和牛》应该说是继《哦，香雪》之后的又一个短篇杰作。

《寻找生命的纯净瞬间——论铁凝的短篇小说》　丁帆、齐红

铁凝创作谈：

这个《伊琳娜的礼帽》我也写了很长时间，首先构思了很长时间，不想动笔是因为你找不到合适的叙述它的办法，我觉得这是一个痛苦的事情。作为有三十多年写作实践的人，写一个东西并不是特别困难，但重要的是你写出这个东西是无趣的，我就觉得没有意思了，写到今天应该给自己不断地提出更高的要求。我觉得我是一个笨人。过一段时间拿出来改改，就不敢拿出去，觉得还不放心，最后把自己榨干了，也就只能这样了才拿出去。通过这个过程我越来越相信其实写短篇也需要时间。我也常有力不从心之感，脑子里经常会有几个小说的构思，迟迟不能写出来是因为我总觉得没有更有力量的叙述，总是希望找到更有力量的、更有趣的叙述来表达。

铁凝、朱又可对谈《“文学发出的可能是别扭的、保守的声音”

——专访中国作家协会主席铁凝》

《南方周末》2010 年 12 月 30 日

短篇

伊琳娜的礼帽

我站在莫斯科的道姆杰德瓦机场等待去往哈巴罗夫斯克的航班。懂俄语的人告诉我，“道姆杰德瓦”是小屋的意思。那么，这个机场也可以叫做小屋机场了。

这是 2001 年的夏天。

我本来是和我表姐结伴同游俄罗斯——俄罗斯十日游，我们都曾经以为彼此是对方最好的旅伴。不是有中学老师给即将放假的学生出过这么一道题吗：从北京到伦敦，最近的抵达方法是什么？答案不是飞机、网络什么的，而是和朋友一起去。听起来真是不错。其实呢，旅途上最初的朋友往往会变成最终的敌人。我和我表姐从北京到莫斯科时还是朋友，从莫斯科到圣彼得堡时差不多已经成了敌人。原因是——我觉得，我表姐和我，我们都是刚离婚不久，我们在路上肯定会有一些共同语言，我们不再有丈夫的依傍或者说拖累，我们还可以肆无忌惮地诅咒前夫。但是——居然，我表姐她几乎在飞往莫斯科的飞机上就开始了她新的恋爱。我们邻座那位男士，和我们同属一个旅行团的，一落座就和她起劲地搭讪。我想用瞎搭葛来形容他们，但很快得知那男士也正处在无婚姻状态，真是赶了一个寸劲儿。我这才发现我表姐是一个盲目乐观主义者，并且善于讨好别人。我就没那么乐观了，与人相处，我总是先看见别人的缺点，我想不高兴就不高兴，也不顾忌时间和场合。我把脸一耷拉，面皮就像刷了一层糨糊，干硬且皱巴。这常常把我的心情弄得很沮丧。而当我对自己评价也不高的时候，反过来会更加恼火别人。在飞机上我冷眼观察我们的男邻座，立刻发现他双手的小拇指留着过长的指甲。他不时习惯性地抬起右手，翘起一根小拇指把垂在额前的头发往脑袋上方那么一划拉，那淡青色的半透明的大指甲，叫人不由得想起慈禧太后被洋人画像时带了满手的金指甲套：怪异，不洁，轻浮。加上他那有一声没一声的短笑，更是有声有色地侵犯了我的听觉。到达莫斯科入住宇宙大饭店之后，我迫不及待地把我的感受告诉给我表姐。她嘿嘿一笑说：“客观地说，你是不够厚道吧。客观地说，他的有些见解还真不错。”我于是对我的表姐也有了一个新发现，我发现她有一个口头语那就是“客观地说”。什么叫“客观地说”？谁能证明当她说“客观地说”的时候她的说法是客观的呢？反倒是，一旦她把“客观地说”摆在口头，多半正是她要强调她那倾向性过强的观点的时候。我因此很讨厌我表姐的这个口头语。

当我站在“小屋”机场等待去往哈巴罗夫斯克的航班的时候，我归纳了一下我和我表姐中途分手的原因，仿佛就是那位男邻座过长的指甲和我表姐的口头语“客观地说”。这原因未免太小，却小到了被我不能容忍。我们从莫斯科到达圣彼得堡后，我耷拉着脸随旅行团勉强参观完铁匠大街上的陀思妥耶夫斯基故居，听一位精瘦的一脸威严的老妇人讲解员讲了一些陀氏故事。没记住什么，只记得老妇人嘴边碎褶子很多，好似被反复加热过的打了蔫儿的烧卖。还记得她说陀氏的重孙子现在就在陀氏故居所在街区开有轨电车。对这个事实我有点幸灾乐祸的快意：陀思妥耶夫斯基是俄罗斯的大人物，他的后代不是也有开有轨电车的吗？我想起我母亲也是个作家，而我也没能按照她的希望出人头地。我的职业和婚姻可能都让她悲哀，但不管怎么说，我好歹还是个身在首都的国家公务员。我对我母亲的书房和文学从来就不感兴趣，所以，当我看见我表姐和她的新男友脑袋顶着脑袋凑在陀氏故居门厅的小柜台上购买印有这个大人物头像的书签时，当机立断做出决定：我要离开他们，一个人先回国。我没能等到返回我们所住的斯莫尔尼饭店，就皮笑肉不笑地把我的想法告诉了我表姐。她怔了怔说："客观地说，你这是有点儿耍小孩子脾气。还有四天我们就能一起回去了。"我则在心里念叨着：别了，您那"客观地说"！

我想直接飞回北京但是不行，旅行社告诉我必须按他们合同上的计划出境。我应该从莫斯科飞哈巴罗夫斯克，再乘火车经由西伯利亚进入中国牡丹江。这是一条费事但听说省钱的路线，为此我愿意服从旅行社。2001 年夏天的这个晚上，我在陈旧、拥挤的小屋机场喝了两瓶口味奇异的格瓦斯之后，终于等来了飞往哈巴的航班，是架陈旧的图 –154。我随着客流走进机舱，发现乘客多是来自远东，哈巴罗夫斯克人居多吧，只有少数莫斯科人和我这样的外国人。我既不懂俄语也分辨不清他们之间口音的差异，但说来奇怪，直觉使我区分出了莫斯科人和哈巴罗夫斯克人。我的座位在后部靠走道，能够方便地大面积地看清铺在舱内那红蓝相间的地毯。地毯已经很脏，花纹几近模糊，渗在上面的酒渍、汤渍和肉汁却顽强地清晰起来。偏胖的中年空姐动作迟缓地偶尔伸手助乘客一臂之力——帮助合上头顶的行李舱什么的，那溢出唇边的口红暴露了她们对自己的心不在焉，也好像给了乘客一个信号：这是一架随随便便的飞机，你在上面随便干什么都没有关系。我的前排是一男两女三个年轻人，打从我一进机舱，听见的就是他们的大笑和尖叫。那男的显然是个莫斯科新贵，他面色红润，头发清洁，指甲出人意料地整齐，如一枚枚精选出来的光泽一致的贝壳，镶嵌在手指上。他手握一款诺基亚超大彩屏手机正向一左一右两个鬈发浓妆少女显摆。2001 年的俄罗斯，手机还尚未普及，可以想象新贵掌中的这一超新款会在女孩子心里引起怎样的羡慕。似乎就为了它，她们甘愿让他对她们又是掐，又是咬，又是捏着鼻子灌酒，又是揪着头发点烟。我闷坐在他们后排，前座上方这三颗乱颤不已的脑袋，宛若三只上满了发条的电动小狮子狗。这新贵一定在哈巴有生意，那儿是俄罗斯远东地区重要的铁路枢纽，是河港、航空要站，有库页岛来的输油管道，石油加工、造船、机械制造什么的都很发达。也许这新贵是弄石油的，但我不关心他的生意，只惦记飞机的安全。我发现他丝毫没有要关机的意思，便忍不住用蹩脚的英语大声请他关机。我的脸色定是难看的，竟然镇住了手机的主人。他关了机，一边回头不解地看着我，好像在说：您干吗生那么大气啊？

这时舱门口走来了这飞机里的最后两位乘客：一个年轻女人和一个五岁左右的小男孩。女人的手提行李不少，最惹眼的是她手里的一个圆形大帽盒。大帽盒在她手中那些袋子的最前方，就像是帽盒正引领着她向前。她和孩子径直朝我这里走来，原来和我同排，在我右侧，隔着一条走道。我这才看清她是用一只手的小拇指钩住捆绑那米色帽盒上的咖啡色丝带的，我还看见帽盒侧面画着一顶橘子大的男式礼帽。同样是人手的小拇指在动作，我对这个女人的小拇指就不那么反感。这个用小拇指钩住帽盒丝带的动作，让她显得脆弱并且顾家。这是一对属于哈巴罗夫斯克中等人家的母子，她们是到莫斯科走亲戚的。回来时带了不少东西，有亲戚送的，也有谨慎地从莫斯科买的。丈夫因事没和他们同行，她特别为他买了礼物：一顶礼帽。我在心里合理着我对这母子的判断，一边看她有点忙乱地将手中几个鼓鼓囊囊的袋子归位。她先把大帽盒安置在自己的座位上，让由于负重而显出红肿的那根小拇指小心翼翼地从帽盒的丝带圈里脱身出来，好像那帽盒本身是个正在熟睡的旅客。然后她再把手中其他袋子放进座位上方的行李舱。最后她双手捧起了帽盒，想要为它找个稳妥的去处。但是，原本就狭小的行李舱已被她塞满，其实已经容不下这庞大的帽盒。女人捧着帽盒在通道上原地转了个圈，指望远处的空姐能帮她一把。空姐没有过来，离这女人最近的我也没打算帮她——我又能帮上什么呢？换了我表姐，说不定会站起来象征性地帮着找找地方，我表姐会来这一套。这时女人前排一个瘦高的男人从座位上站起来，打开他头顶上方的行李舱，拽出一件面目不清的什么包，扔在通道上，然后不由分说地从女人怀里拿过帽盒，送进属于他的那一格行李舱。随着那舱盖轻松地啪的一声扣上，瘦高男人冲女人愉快地摊了摊手，意思是：这不解决了吗？接着他们俩有几句对话，我想内容应该是：女人指着地上的包说，您的包怎么办呢？男人捡起包胡乱塞进他的座位底下，说，它本来就不值得进入行李舱，就让它在座位下边待着好了。女人感激地一笑，喊回她的儿子——萨沙！这个词我听得懂。其时萨沙正站在我前排那莫斯科新贵跟前，凝神注视新贵手中的新款诺基亚。他不情愿地回到母亲身边，小声叨咕着什么。我猜是，女人要他坐在靠窗的里侧，就像有意把他和新贵隔离。而他偏要坐靠通道的座位。当然，最终他没能拗过他的母亲。这是一个麦色头发、表情懦弱的孩子，海蓝色的大眼睛下方有两纹浅浅的眼赘儿——我经常在一些欧洲孩子娇嫩的脸上看见本该在老人脸上看见的下眼赘儿，这让孩子显得忧郁，又仿佛这样的孩子个个都是老谋深算的哲学家。

飞机起飞了，我侧脸看着右边的女人，发现她竟是有些面熟。我想起来了，我在我那作家母亲的书架上见过一本名叫《卓娅和舒拉的故事》的旧书，书中卓娅的照片和我右边这位女邻座有几分相像。栗色头发，椭圆下巴，两只神情坚定的眼睛距离有点偏近。卓娅是我母亲那一代人心中的英雄，对我这种出生在六十年代的人，她则太过遥远。当年我凝望她的照片，更多注意的是她的头发。尽管她是卫国战争时期的英雄，可从时尚的角度看，她一头极短的鬈发倒像是能够引领先锋潮流。那时我喜欢她的发型，才顺便记住了她。现在我不想把飞机上我这位女邻座叫成卓娅，我给她编了个名字叫作伊琳娜。俄罗斯人有叫这个名字的吗？我不在乎。我只是觉得我的邻座很适合这几个字的发音：伊琳娜。她的绾在脑后的发髻，她那有点收缩的肩膀，她的长度过于保守的格子裙，她的两只对于女人来说偏大了点的骨关节泛红的白净的手，她那微微眯住的深棕色的眼睛和颤动的眼皮，那平静地等待回家的神情，都更像伊琳娜而不是卓娅。有广播响起来，告之乘客这架飞机飞行时间是九小时左右，将于明晨到达哈巴罗夫斯克。飞机十分钟之后为大家提供一份晚餐，而酒和其他食品则是收费供应。

我草草吃过半凉不热的晚饭，三片酸黄瓜，几个羊肉丸子和油腻的罗宋汤。我得闭眼睡一会儿。哈巴罗夫斯克不是我最后的目的地，我还得从那儿再坐一夜火车。一想起这些就觉得真累。人们为什么一定要旅行呢？

当我睁开眼时，我发现这机舱起了些变化。多数旅客仍在睡着，变化来自伊琳娜前排座位。她前排座上的那个瘦高男人正脸朝后地把胳膊肘架在椅背上，跪在自己座位上和后一排的伊琳娜聊天。我暂且就叫他做瘦子吧，他的一张瘦脸上，不合比例地长了满口白且大的马牙。他这脸朝后的跪相儿使他看上去有点卑微，有点上赶着。不过他那一身过于短小的、仿佛穿错了尺码的牛仔夹克牛仔裤，本身就含有几许卑微。他的表情是兴奋的，手中若再有一枝玫瑰，就基本可以充当街心公园里一尊求婚者的雕像。伊琳娜虽然没有直视他的眼，却对他并不反感。他们好像在议论对莫斯科的印象吧，或者不是。总之他们说得挺起劲。没有空姐过来制止瘦子的跪相儿，只有伊琳娜身边的萨沙仰脸警觉地盯着瘦子——尽管他困得上下眼皮直打架。后来，久跪不起的瘦子终于注意到了萨沙的情绪，他揿铃叫来空姐买了一罐可乐和一段俄罗斯红肠给萨沙。果然，萨沙的神情有所缓和，他在母亲的默许下，有点扭捏地接受了瘦子的馈赠。他一手攥着红肠，一手举着可乐，对这不期而至的美食，一时不知先吃哪样为好。瘦子趁热打铁——我认为，他把两条长胳膊伸向萨沙，他干脆要求和萨沙调换座位。他有点巴结地说他那个座位是多么多么好——靠走道啊，正是萨沙开始想要的啊。萨沙犹豫着，而伊琳娜突然红了脸，就像这是她和瘦子共同的一个合谋。她却没有拒绝瘦子的提议，她默不作声，双手交叠在一起反复摩挲着。瘦子则像得到鼓励一样，站起来走到后排，把手伸到萨沙胳肢窝底下轻轻一卡，就将孩子从座位上“掏”了出来，再一把放进前排他的老座位。也许那真该被称作是老座位了，只因为座位的改变预示着瘦子和伊琳娜关系的新起点。难道他们之间已经有了什么关系吗？

我看见瘦子如愿以偿地坐在了伊琳娜身边，他跷起一条长腿搭在另一条腿上，身子向伊琳娜这边半斜着，脚上是后跟已经歪斜的尖头皮便鞋，鞋里是中国产而大多数中国人已不再穿的灰色丝袜，袜筒上有绿豆大的烟洞。我看出瘦子可不是富人，飞机上的东西又贵得吓人。但是请看，瘦子又要花钱了：他再次揿铃叫空姐，他竟然给伊琳娜和自己买了一小瓶红酒。空姐连同酒杯也送了来，并为他们开启了瓶塞。他们同时举起酒杯，要碰没碰的样子，欲言又止的样子，像是某种事情到来之前的一个铺垫。我看见伊琳娜有些紧张地拿嘴够着杯口啜了一小口，好比那酒原本是一碗滚烫的粥。瘦子也喝了一口，紧接着他猛地用自己的杯子往伊琳娜的杯子上一碰，就像一个人挑衅似的拿自己的肩膀去撞另一个人的肩膀。伊琳娜杯中的酒荡漾了一下，她有点埋怨地冲他笑了。我很不喜欢她这种埋怨的笑，可以看作那是调情的开始，或者说是开始接受对方的调情。

我在我的座位上调整了一下姿势，让自己坐得更舒服，也可能是为了更便于观察我右侧的这对男女。我承认此时我的心态有几分阴暗，就像喜欢看名人倒霉是大众的普遍心理一样。虽然伊琳娜不是名人，但我觉得她至少是个正派女子。看正派女子出丑也会让我莫名其妙地满足。我觑眉皱眼地左顾右盼，并希望萨沙过来看看他母亲现在这副样子。萨沙正专心地品味红肠，从我这个角度可以看见他小小的半侧面。我前排那三位“电动狮子狗”在睡过了一阵之后同时醒来。他们一经睡醒就又开始忙着吃喝，几乎买遍飞机上所有能买的东西。他们喝酒也不用酒杯，他们一人一瓶，嘴对着瓶口直接灌，间或也互相灌几口。他们的粗放顿时让伊琳娜和瘦子显得文明而矜持，如果你愿意也完全可以说是让他俩显得寒碜。当我想到这个词的时候，杯中酒已经让伊琳娜放松了，她和瘦子从有距离的闲聊开始转为窃窃私语，她脑后的发髻在椅背的白色镂花靠巾上揉搓来揉搓去，一些碎发掉下来，垂在耳侧，泄露着她的欲望。是的，她有欲望，我在心里撇着嘴说。那欲望的气息已经在我周边弥漫。不过我似乎又觉得那不是纯粹主观感觉中的气息，而是——前方真的飘来了有着物质属性的气息。

从这机舱的前部，走来了两位衣冠楚楚的男士。当我把目光从伊琳娜的发髻上挪开，看见前方这两个男人，顿时明白那气息来自他们——至少是其中一人身上的博柏利男用淡香水。我对香水所知甚少，所以对这款香水敏感，完全是我母亲的缘故，她用的就是这一款。记得我曾经讥讽我母亲说，您怎么用男人的香水啊。我母亲说，其实这是一款中性香水，男女都能用。我想起母亲书架上《卓娅和舒拉的故事》，对这位年轻时崇拜卓娅、年老时热衷博柏利男款香水的妇人常常迷惑不解。眼下这两位男士，就这架懒散、陈旧的飞机而言，颇有点从天而降的意味——尽管此时我们就在天上。他们年轻、高大、标致、华丽，他们考究、雕琢。打扮成如他们的，仿佛只有两种人：T型台上的男模和游走于五星级酒店的职业扒手。他们带着一身香气朝后边走来，腕上粗重的金手链连同手背上的浓密汗毛在昏暗的舱内闪着咄咄逼人的光。他们擦过我的身边，一眨眼便同时在机舱后部的洗手间门口消失了。

我的不光明的好奇心鼓动着我忍不住向后面窥测，我断定他们是一同进了洗手间而不是一个等在外边。在这里我强调了“一同”。此时最后一排空着的座位上，一个空姐正视而不见地歪着身子嗑着葵花子。显然，她对飞机上的这类行径习以为常。大约一刻钟后，我终于亲眼看见两个男人一前一后从洗手间出来了，其中一个还为另一个整理了一下歪斜的领带。我一边为我这亲眼看见有那么点兴奋，一边又为他们居然在众目睽睽之下，利用飞机上如此宝贵而又狭小的洗手间将两个身体同时挤了进去感到气愤。啊，这真是一架膨胀着情欲的飞机，两位华丽男士的洗手间之举将这情欲演绎成了赤裸裸的释放——甚至连这赤裸裸的释放也变成了表演。因为半小时之后，这二位又从前方他们的座位上站起来，示威似的相跟着，穿过我们的注视，又一同钻进了一次洗手间。

我所以用了“我们”，是因为当华丽男士经过时，伊琳娜和瘦子也注意到了他们。而瘦子的右手，在这时已经搭上了伊琳娜的左肩。

过了半点钟，那只手滑至伊琳娜的腰。

过了半点钟，那只手从伊琳娜腰间抽出，试探地放上了她的大腿。

夜已很深，我已困乏至极，又舍不得放松我这暗暗的监视，就找出几块巧克力提神。巧克力还是我从国内带出来的，德芙牌。在国内时并不觉得它怎么好吃，到了俄罗斯才觉得我带出来的东西全都是好吃的。这时一直没有睡觉的萨沙也显出困乏地从前排站起来找伊琳娜了，他来到伊琳娜身边，一定是提醒她照顾他睡觉的。可当他看见伊琳娜正毫无知觉地和瘦子脑袋顶着脑袋窃窃私语，便突然猛一转身把脸扭向了我。他的眼光和我的眼光不期而遇，我看出那眼光里有一丝愠怒。那短短的几秒钟，他知道我知道为什么他会突然扭转身向我，我也知道他知道我看见了他母亲的什么。在那几秒钟里我觉得萨沙有点像一个被遗弃的孤儿。我本是一个缺乏热情的人，这时还是忍不住递给他一块巧克力。对食物充满兴趣的萨沙却没有接受我的巧克力，好像我这种怜悯同样使他愠怒。他又一个急转身，捯着小步回到他那被置换了的座位上，坐下，闭了眼，宛如一个苦大仇深的小老头。

我偷着扫了一眼伊琳娜，她的头一直扭向瘦子，她没有发现萨沙的到来和离开。

过了半点钟，瘦子的手还在伊琳娜的腿上——或者已经向上挪了一寸？它就像摆在她格子裙上的一个有形状的悬念，鼓动我不断抬起沉重的眼皮生怕错过什么。好一阵子之后，我总算看见伊琳娜谨慎地拿开它，然后她起身去前排照看萨沙。萨沙已经睡着了——也许是假寐，这使伊琳娜有几分踏实地回到座位上，瘦子的手立刻又搭上了她的大腿。

她看了看复又搭上来的这只手，和瘦子不再有话。她把眼闭上，好像要睡一会儿，又好像给人一个暗示：她不反感自己腿上的这只手。果然，那只手像受了这暗示的刺激一般，迅疾地隔着裙子行至她的腿间。只见伊琳娜的身体痉挛似的抖了一下，睁开了眼。她睁了眼，把自己的手放在瘦子那只手上，示意它从自己腿间挪开。而瘦子的手很是固执，差不多寸步不让，就像在指责伊琳娜刚才的“默许”和现在突然的反悔。两只手开始互相较劲，伊琳娜几经用力瘦子才算妥协。但就在他放弃的同时，又把自己的手翻到伊琳娜手上，握住她那已经松弛的手，试图将它摆上自己的腿裆。我看见伊琳娜的手激烈地抵抗着，瘦子则欲罢不能地使用着他强硬的腕力，仿佛迫切需要伊琳娜的手去抚慰他所有的焦虑。两只手在暗中彼此不服地又一次较量起来，伊琳娜由于力气处于劣势，身体显出失衡，她竭力控制着身体的稳定，那只被瘦子紧紧捉住的充血的手，拼死向回撤着。两人手上的角力，使他们的表情也突然变得严峻，他们的脑袋不再相抵，身体反而同时挺直，他们下意识地抬头目视正前方，仿佛那儿正有一场情节跌宕的电影。

我累了。我觉得这架飞机也累了。

就在我觉出累了的时候，我看见伊琳娜终于从瘦子手中夺回了自己的手，并把头转向我这边。她匆忙看了我一眼，我用平静的眼光接住了她对我匆忙的扫视，意思是我对你们的事情不感兴趣。我听见伊琳娜轻叹了一声，再次把头转到瘦子那边。接着，她就像对不起他似的，活动了一下被扭疼的手，又将这手轻轻送进瘦子的手中。这次瘦子的手不再强硬了，两个人这两只手仿佛因为经过了试探、对抗、争夺、谈判，最终逃离了它们之间的喧哗和骚动，它们找到了自己应该的位置，它们握了起来，十指相扣。最后，在这个夜的末尾，他们就那样十指相扣地握着手睡了。这回好像是真睡，也许是因为伊琳娜终于让瘦子知道，一切不可能再有新的可能。

哈巴罗夫斯克到了。我没能看见伊琳娜和瘦子何时醒来又怎样告别，当我睁开眼时，他们已经像两个陌生人一样，各走各的。伊琳娜已经把属于她的各种袋子拿在手上，领着萨沙抢先走到前边到达机舱门口，就像要刻意摆脱瘦子一样。睡眼惺忪的旅客们排在他们后边，离他们母子最近的是莫斯科新贵，他早已打开诺基亚，高声与什么人通着什么话。然后是那两位华丽男士。一整夜的旅行并没有使他们面带疲惫，相反他们仍然衣冠楚楚，头发也滑腻不乱，好比蜡像陈列馆里那些酷似真人的蜡像，也使昨晚的一切恍在梦中。

八月的哈巴罗夫斯克的清晨是清凛的，如中国这个季节的坝上草原。走出机场，我呼吸着这个略显空旷的城市的空气，打了个寒战。旅客们互相视而不见地各奔东西，你很少在奔出机场的匆匆的人群中见到特别关注他人的人。我也急着寻找旅行社来接我的地陪，却忽然看见在我前方有一样熟悉的东西——伊琳娜的大帽盒，现在它被拿在那个瘦子手里。他走在我前边，正跨着大步像在追赶什么。我想起来了，伊琳娜的帽盒被存进瘦子的行李舱，而她在下飞机时把它忘记了。

帽盒使昨晚的一切又变得真切起来，也再次勾起了我的好奇心。我紧跟在瘦子后面，看见他扬着手中的帽盒，张嘴想要喊出伊琳娜的名字，却没有发出声音。我想他们其实就没有交换彼此的姓名吧，这给他的追赶带来了难度。可是伊琳娜在哪儿呢？我在并不密集的人流中没有发现他们母子，他们就像突然蒸发了一样。又走了几步，在我前边的瘦子猛地停了下来，盯住一个地方。我也停下来顺着他的目光看去：在停车场旁边，在离我和瘦子几米远的地方，伊琳娜正和一个男人拥抱，或者说正被一个男人拥抱。那男人背对着我们，因此看不清面目，只觉得他个子中等，体格结实，头颅显得壮硕，脖子上的肉厚，稍微溢出了衬衫的领子。伊琳娜手中那些袋子暂时摆放在地上，萨沙守在袋子旁边，心满意足地仰头看着他的父母——肯定是他的父母。

这情景一定难为了瘦子，而伊琳娜恰在这时从男人肩上抬起头来，她应该一眼就看见了帽盒以及替她拎来了帽盒的瘦子。她有点发愣，有点紧张，有点不知所措。在她看见了瘦子的同时我认为她也看见了我。她的儿子，那个正在兴高采烈的萨沙，更是立刻就认出了我们俩。他警觉并且困惑地盯着这两个飞机上的男女，好像一时间我和瘦子成了会给他们母子带来不测的一组同伙。一切都发生在几秒钟之内，来不及解释，也不应该出错。是的，不应该出错。我忽然觉得我才应该是那个为她送上帽盒的最佳人选，我很惊讶自己又一次当机立断。我不由分说地抢上一步，对瘦子略一点头算是打了招呼，接着从他手中拿过——准确地说是“夺过”帽盒，快步走到伊琳娜丈夫的背后，将帽盒轻轻递到她那正落在她丈夫肩上的手中。至此，瘦子，我，还有伊琳娜，我们就像共同圆满完成了一项跨越莫斯科与哈巴罗夫斯克的接力赛。也许我在递上最后这一“棒”时还冲她笑了笑？我不知道。我也看不见我身后瘦子的表情，只想脱身快走。

我所以没能马上脱身，是因为在这时萨沙对我做了一个动作：他朝我仰起脸，并举起右手，把他那根笋尖般细嫩的小小的食指竖在双唇中间，就像在示意我千万不要作声。可以看作这是一个威严的暗示，我和萨沙彼此都没有忘记昨晚我们之间那次心照不宣的对视。这也是一个不可辜负的手势，这手势让我感受到萨沙一种令人心碎的天真。而伊琳娜却仿佛一时失去了暗示我的能力，她也无法对我表示感激，更无法体现她起码的礼貌。就见她忽然松开丈夫的拥抱，开始解那帽盒上的丝带。也只有我能够感受到，她那解着丝带的双手，有着些微难以觉察的颤抖。她的丈夫在这时转过脸来，颇感意外地看着伊琳娜手中突然出现的帽盒。这是一个面善的中年人，他的脸实在是，实在是和戈尔巴乔夫十分相似。

伊琳娜手中的丝带滑落，她打开盒子，取出一顶做工精致的细呢礼帽。礼帽是一种非常干净的灰色，像在晴空下被艳阳高照着飞翔的灰鸽子的羽毛。这礼帽让戈尔巴乔夫似的丈夫惊喜地笑了，他以为——按常规，伊琳娜会为他戴上礼帽，但是，伊琳娜却丢掉帽盒，把礼帽扣在了自己头上。

我所以用“扣”来形容伊琳娜的戴礼帽，是因为这按照她丈夫的尺寸选购的男式礼帽戴在她头上显得过大了，她那颗秀气的脑袋就像被扣进了一口小锅。礼帽遮挡了她那张脸的大部，只露出一张表情不明的嘴。礼帽在一瞬间也遮挡了她的礼貌，隔离了她和外界的关系，她什么也看不见了，包括不再看见瘦子和我。她可以不必同任何生人、熟人再作寒暄，她甚至可能已经不再是她自己。她的丈夫再一次欣赏地笑了，他一定是在妻子扣着男式礼帽的小脑袋上，发现了一种他还从来没有见过的幽默。然后，他们一家三口就拎着大包小包，朝远处一辆样式规矩的黑轿车走去。

其实我从来就没想过要把昨晚飞机上的事告诉给第二个人。昨晚发生了什么吗？老实说什么也没有发生。是萨沙贴在唇上的手指和伊琳娜扣在自己头上的礼帽让我觉出了某种无以言说的托付。特别当我预感到我和他们终生也不会再次谋面时，这“托付”反而变得格外凝重起来。嗯，说到底，人是需要被人需要的。我一边这样想着，一边再次遥望了一下远处的伊琳娜，她头上晃荡的礼帽使她的体态有点滑稽，但客观地说，她仍然不失端庄——我知道我在这里初次用了一个我最讨厌的我表姐的口头语：“客观地说”。不过它用在这儿，似乎还称得上恰如其分。

我看见一个脸上长着痤疮的中国青年举着一块小木牌，上面写着我的名字。他就是我在哈巴罗夫斯克的地陪了，我冲他挥挥手，我们就算接上了头。

《人民文学》2009 年第 3 期

名家点评

一段什么都没有发生的一夜情：异乡行旅，机舱邂逅，“礼”“帽”情缘。叙事者冷眼旁观人间风情流转，时有神来之笔，本身社会、情爱位置的自我反讽，尽在不言之中。全文严守短篇小说的时空限制，写来举重若轻。

哈佛大学东亚系教授，文学评论家　王德威

我认为，作者将飞机上的欲望或偷情故事写了三遍。除了主体故事之外，作者还写了表姐的故事——表面上看，它是主体故事的引子，类似于话本的“入话”，但它与主体故事形成同构关系，只不过作者将它浓缩了。另外，作者还写到了飞机上可能存在的同性恋故事，作者只是点到为止。这三个本来是重叠的“共时性”故事，作者将它们放在“历时性”的线性层面展开。这样一来，原本很简单的故事陡然增加了厚度和力量。作者的匠心所指，正是短篇小说叙事艺术的精髓。

清华大学教授，作家　格非

铁凝用一次“高空”旅行，让人物置身于狭窄封闭的空间，以精准而细致的描写，塑造了伊琳娜这个复杂的女性形象。机舱内由人间携来的不自由，与机舱外天空中广阔的自由，形成了强烈的反差，这似乎正是人类情感尴尬处境的真实写照。大胆而唯美，抒情而又节制的笔法，使小说焕发着温暖而忧伤的人性光辉。伊琳娜的这顶礼帽，无疑是铁凝近两年小说创作中的一朵奇葩。

作家　迟子建

铁凝创作谈：

在这里我想探究的是，一个人想要改变自己的可能性和合理性。被世人赞扬的白大省并不想成为她现在已经成为的这种人，由于她秘密的梦想，她和西单小六并不是世俗意义上的对立，她们形成了一种实际上的艳羡关系。她对改变自己和他人的“习惯性”的关系有一种崭新的向往，而她的羡慕本是有其合理性的。她的悲剧在于约定俗成背景下大众对她的不可改变的认可，使她的羡慕的梦想永远无法实现。也许我们现在成为的人都不是我们想要成为的人，但事情发生在白大省这样一个人身上，就格外地带出了某种心酸。

铁凝《“关系”一词在小说中——在苏州大学“小说家讲坛”上的讲演》

《当代作家评论》2003 年第 6 期

中篇

永远有多远

你在北京的胡同里住过吧？你曾经是北京胡同里的一个孩子吧？胡同里那群快乐的、多话的、有点缺心少肺的女孩子你还记得吧？

我在北京的胡同里住过，我曾经是北京胡同里的一个孩子。胡同里那群快乐的、多话的、有点缺心少肺的女孩子我一直记着。我常常觉得，要是没了她们，胡同还能叫胡同吗？北京还能叫北京吗？我这么说话会惹你不高兴——什么什么？你准说。是啊，如今的北京已不再是从前，她不再那么既矜持又恬淡、既清高又随和了。她学会了拥抱，热热闹闹、亦真亦假的拥抱，她怀里生活着多少多少北京之外的人啊。胡同里那些带点咬舌音的、嘎嘣利落脆的贫北京话也早就不受待见了——从前的那些女孩子，她们就是说着这样的一口贫北京话出没在胡同里的。她们头发干净，衣着简朴（却不寒酸），神情大方，小心眼儿不多，叫人觉得随时都可能受骗。二十多年过去了，每当我来到北京，在任何地方看见少女，总会认定她们全是从前胡同里的那些孩子。北京若是一片树叶，胡同便是这树叶上蜿蜒密布的叶脉。要是你在阳光下观察这树叶，会发现它是那么晶莹透亮，因为那些女孩子就在叶脉里穿行，她们是一座城市的汁液。胡同为北京城输送着她们，她们使北京这座精神的城市肌理清明，面庞润泽，充满着温暖而可靠的肉感。她们也使我永远地成为北京一名忠实的观众，即使再过一百年。

当我离开北京，长大成人，在B城安居乐业之后，每年都有一些机会回到北京。我在这座城市里拜访一些给孩子写书的作家，为我的儿童出版社搜寻一些有趣的书稿，也和我的亲人们约会，其中与我见面最多的是我的表妹白大省（音xǐng）。白大省经常告诉我一些她自己的事，让我帮她拿主意，最后又总是推翻我的主意。她在有些方面显得不可救药，可我们还是经常见面，谁让我是她表姐呢。

现在，这个六月的下午，我坐在出租车上，窗外是迷蒙的小雨。我和白大省约好在王府井的“世都”百货公司见面，那儿离她的凯伦饭店不远。她大学毕业后就分配在四星级的凯伦，在那儿当过工会干事，后来又到销售部做经理。有一回我对她说，你不错呀刚到销售部就当领导。她叹了口气说哪儿呀，我们销售部所有的人都是经理，销售部主任才是领导呢，主任。我明白了，不过这种头衔印在名片上还是挺唬人的：白大省，凯伦饭店销售部经理。

出租车行至灯市西口就走不动了，前方堵车呢。我想我不如就在这儿下来吧，“世都”已经不远。我下了车，雨大了，我发现我正站在一个胡同口，在我的脚下有两级青石台阶；顺着台阶向上看，上方是一个老旧的灰瓦屋檐。屋檐下边原是有门的，现在门已被青砖砌死，就像一个人冲你背过了脸。我迈上台阶站在屋檐下，避雨似的。也许避雨并不重要，我只是愿意在这儿站会儿。踩在这样的台阶上，我比任何时候都更清楚我回到了北京，就是脚下这两级边缘破损的青石台阶，就是身后这朝我背过脸去的陌生的门口，就是头上这老旧却并不拮据的屋檐使我认出了北京，站稳了北京，并深知我此刻的方位。“世都”“天伦王朝”“新东安市场”“老福爷”“雷蒙”……它们谁也不能让我知道我就在北京，它们谁也不如这隐匿在胡同口的两级旧台阶能勾引出我如此细碎、明晰的记忆——比如对凉的感觉。

从前，二十多年前那些夏日的午后，我和我的表妹白大省经常奉我们姥姥的吩咐，拎着保温瓶去胡同南口的小铺买冰镇汽水。我们的胡同叫驸马胡同，胡同北口有一个副食店，店内卖糕点罐头、油盐酱醋、生熟肉豆制品、牛羊肉鲜带鱼。店门外卖蔬菜，蔬菜被售货员摆在淡黄色竹板拼成的货架上，夜里菜们也那么摆着不怕被人偷去。干吗要偷呢？难道有人急着在夜里吃菜么？需要菜，天一亮副食店开了门，你买就是了。胡同南口就有我说的那个小铺。如果去北口副食店，我们一律简称“北口”；要是去南口小铺，我们一律简称“南口”。

“南口”其实是一个小酒馆，台阶高高的，有四五级吧，让我常常觉得，如果你需要登这么多层台阶去买东西，你买的东西定是珍贵的。“南口”不卖油盐酱醋，它卖酒、小肚、花生米和猪头肉，夏天也兼卖雪糕、冰棍和汽水。店内设着两张小圆桌，铺着硬挺的、脆得像干粉皮一样的塑料台布的桌旁，永远坐着一两位就着花生米或小肚喝酒的老头。我觉得我喜欢小肚这种肉食就是从“南口”开始 的。你知道小肚什么时候最香吗？就是售货员将它摆上案板，操刀将它破开切成薄片的那一瞬间。快刀和小肚的摩擦使它的清香“噗”地迸射出来，将整间酒馆弥漫。那时我站在柜台前深深吸着气，我坚信这是世界上最好闻的一种肉。直到售货员问我们要买什么时，我才回过神儿来。“给我们拿汽水！”这是当年北京孩子买东西的开场白，不说“我要买什么”，而说“给我们拿……”。“给我们拿汽水！”“冰镇的还是不冰镇的？”“给我们拿冰镇的，冰镇杨梅汽水！”我和白大省一块儿说，并递上我们的保温瓶。我已从小肚的香气中回过神儿来了，此时此刻和小肚的香气相比，我显然更渴望冰凉甘甜的杨梅汽水。在切小肚的柜台旁边有一只白色冰柜，一只盛着真冰的柜。当售货员掀开冰柜盖子的一刹那，我们及时地奔到了冰柜跟前。嗬，团团白雾样的冷气冒出来，犹如小拳头一般打在我们的脸上痛快无比，冰柜里有大块大块的白冰，一瓶瓶红色杨梅汽水就东倒西歪地埋在冰堆里。售货员把保温瓶灌满汽水，我和白大省一出小酒馆，一走下酒馆的台阶——那几级青石台阶，就迫不及待地拧开保温瓶的盖子。通常是我先喝第一口，虽然我是白大省的表姐。以后你会发现，白大省这个人几乎在谦让所有的人，不论是她的长辈还是她的表姐。这样，我毫不客气地先喝了第一口，那冰镇的杨梅汽水，我完全不记得汽水是怎样流入我的口中在我的舌面上滚过再滑入我的食道进入我的胃，我只记得冰镇汽水使我的头皮骤然发紧，一万支钢针在猛刺我的太阳穴，我的下眼眶给冻得一阵阵发热，生疼生疼。啊，这就是凉，这就叫冰镇。没有冰箱的时代人们知道什么是冰凉，冰箱来了，冰凉就失踪了。冰箱从来就没有制造出过刻骨的、针扎般的冰凉给我们。白大省紧接着也猛喝一大口，我看见她打了一个冷战，她的胖乎乎的胳膊上起了一层鸡皮疙瘩。她有点喘不过气似的对我说，她好像撒了一点尿出来！我哈哈笑着从白大省手中夺过保温瓶又喝了一大口，一万支钢针又刺向我的太阳穴，我的眼眶生疼生疼，人就顿时 精神起来。我冲白大省一歪头，她跟着我在僻静的胡同里一溜小跑。我们的脚步惊醒了屋顶上的一只黄猫，是九号院的女猫妞妞，常蹿上房顶去找我们家的男猫小熊的。我们在地上跑着，妞妞在房顶上追着我们跑。妞妞呀，你喝过冰镇汽水吗？哼，一辈子你也喝不着。我们跑着，转眼就进了家门。啊，这就是凉，这就叫冰镇。

白大省从来也没有抱怨过在路上我比她喝汽水喝得多，为什么我从来也不知道让着她呢？还记得有一次为了看电影《西哈努克访问中国》，我和白大省都要洗头，水烧开了，我抢先洗，用蛋黄洗发膏。那是一种从颜色到形状都和蛋黄一样的洗发膏，八分钱一袋，有一股柠檬香味。我占住洗脸盆，没完没了地又冲又洗，到白大省洗时，电影都快开演了。姥姥催她，洗好头发的我也煞有介事地催她，好像她的洗头原本就是一个无理的举动。结果她来不及冲净头发就和我们一道看电影去了。我走在她后边，清楚地看到她后脑勺的一绺头发上，还挂着一块黄豆大的蛋黄洗发膏呢。她一点儿也不知道，一路晃着头，想让风快点把头发弄干。我心里知道白大省后脑勺上的洗发膏是我的错误，二十多年过去，我总觉得那块蛋黄洗发膏一直在她后脑勺上沾着。我很想把这件往事告诉她，但白大省是这样一种人：她会怎么也弄不明白这件事你有什么可对她不起的，她会扫你要道歉的兴。所以你还是闭嘴吧，让白大省还是白大省。

我就这样站在灯市西口的一条胡同里，站在一个废弃的屋檐下想着冰镇汽水和蛋黄洗发膏，直到雨渐渐停了，我也该就此打住，到“世都”去。

我在“世都”二楼的咖啡厅等待白大省。我喜欢“世都”的咖啡厅。临窗的咖啡座，通透的落地玻璃使你仿佛飘浮在空中，使你生出转瞬即逝的那么一种虚假的优越感。你似乎视野开阔，可以扬起下颏看远处夕阳照耀下的玻璃幕墙和花岗岩组合的超现实主义般的建筑，也可以压着眼皮看窗外那些出入“世都”的人流在脚下静静地淌。我的表妹白大省早晚也会出现在这样的人流里。

现在离约定时间还早，我有足够的时间在这儿稳坐。喝完咖啡我还可以去二楼女装区和四楼的家庭用品部转转，我尤其喜欢各种尺寸和不同花色的毛巾、浴巾，一旦站在这些物质跟前，便常有不能自拔之感。我要了一份“西班牙大碗”，这厚墩墩的大陶瓷杯一端起来就显得比“卡布奇诺”之类更过瘾。我喝着“西班牙大碗”，有一搭无一搭地看身边过往的逛“世都”的人，想起白大省告诉过我，她看什么东西都喜欢看侧面，比如一座楼，比如一辆汽车、一双鞋、一只闹钟，当然也包括人，一个男人或一个女人。白大省的这个习惯有点让我心里发笑，因为这使她显得与众不同。其实她有什么与众不同呢，她最大的与众不同就是永远空怀着一腔过时的热情，迷恋她喜欢的男性，却总是失恋。从小她就是一个相貌平平的乖孩子，脾气随和得要死。用九号院赵奶奶的话说，这孩子仁义着哪。

一

白大省在七十年代初期，当她七八岁的时候，就被胡同里的老人评价为“仁义”。在七十年代初期，这其实是一个陌生的、有点可疑的词，一个陈腐的、散发着被雨水洇黄的顶棚和老樟木箱子气息的词，一个不宜公开传播的词，一个激发不起我太多兴奋和感受力的词，它完全不像另外一些词汇给我的印象深刻。有一次我们去赵奶奶家串门，我读了她的孙女、一个沉默寡言的初中生的日记。当时她的日记就放在一个黑漆弓腿茶几上，仿佛欢迎人看的。她在日记中有这样几句话：“虽然我的家庭出身不好，但我的革命意志不能消沉……”是的，就是那“消沉”二字震撼了我，在我还根本不懂消沉是什么意思时，我就断定这是一个奇妙不凡的词，没有相当的学问，又怎能把这样的词运用在自己的日记里呢。我是如此珍视这个我并不理解的词，珍视到不敢去问大人它的含义。我要将它深埋在心里，让时光帮助我靠近它明白它。白大省仁义，就让她仁义去吧。

白大省也确实是仁义的。她上小学一年级的时候，就曾经把昏倒在公厕里的赵奶奶背回过家（确切地说，应该是搀扶）。小学二年级，她就担负起每日给姥姥倒便盆的责任了。我们的姥姥不能用公厕的蹲坑，她每天坐在屋里出恭。我们的父母当时也都不在北京，那几年我们与姥姥相依为命。白大省小学三年级的时候，中国很多城市都在放映一部名叫《卖花姑娘》的朝鲜电影，这部电影使每一座电影院都在抽泣。我和白大省看《卖花姑娘》时也哭了，只是我不如她哭得那么专注。因为我前排的一个大人一边哭，一边痛苦地用自己的脊梁猛打椅子背，一副歇斯底里的样子。他弄出的响动很大，可是没有人抱怨他，因为所有的人都在忙着自己的哭。我左边那个大人，他两眼一眨不眨地盯着银幕，任凭泪水哗哗地洗着脸，一条清鼻涕拖了一尺长他也不擦。我的右边就是白大省，她好像让哭给呛着了，一个劲儿打嗝儿。就是从看《卖花姑娘》开始，我才发现我的表妹有这么一个爱打嗝儿的毛病。单听她打嗝儿的声音，简直就像一个游手好闲的老爷们儿。特别当她在冬天吃了被我们称为“心里美”的水萝卜之后，她打的那些嗝儿呀，粗声大气的，又臭又畅快。“老爷们儿”这个比喻使我感到难过，因为白大省不是一个老爷们儿，她也不游手好闲。可是，就在《卖花姑娘》放映之后，白大省的同学开始管她叫“白地主”了，只因为她姓白，和《卖花姑娘》里那个凶狠的地主一个姓。有时候一些男生在胡同里看见白大省，会故意大声地说：“白地主过来喽，白地主过来喽！”

这绰号让白大省十分自卑，这自卑几乎将她的精神压垮。胡同里经常游走着一些灰色的大人，那是一些被管制的“四类分子”。他们擦着墙根扫街，哈着腰扫厕所。自从看过《卖花姑娘》，白大省每次在胡同里碰见这些人，都故意昂头挺胸地走过，仿佛在告诉所有的人：我不是白地主，我和他们不一样！她还老是问我：哎，除了和白地主一个姓，你说我还有哪儿像地主啊？白大省哪儿也不像地主，不过她也从未被人比喻成出色的人物，比如《卖花姑娘》里的花妮，那个善良美丽的少女。我相信电影《卖花姑娘》曾使许多年轻的女观众产生幻想，幻想着自己与花妮相像。这里有对善良、正义的追求，也有使自己成为美女的渴望。当我看完一部阿尔巴尼亚影片《宁死不屈》之后，我曾幻想我和影片中那个宁死不屈的女游击队员米拉长得一样，我唯一的根据是米拉被捕时身穿一件小格子衬衣，而我也有一件蓝白小格衬衣。我幻想着我就是米拉，并渴望我的同学里有人站出来说我长得像米拉。在那些日子里我天天穿那件小方格衬衣，矫揉造作地陶醉着自己。我还记住了那电影里的一句台词，纳粹军官审问米拉的女领导、那个唇边有个大黑痦子的游击队长时，递给她一杯水，她拒绝并冷笑着说："谢谢啦，法西斯的人道主义我了解！"我觉得这真是一句了不起的台词，那么高傲，那么一句顶一万句。我开始对着镜子学习冷笑，并经常引逗白大省与我配合。我让她给我倒一杯水来，当她把水杯端到我眼前时，我就冷笑着说："谢谢啦，法西斯的人道主义我了解！"

白大省吃吃地笑着，评论说"特像特像"。她欣赏我的表演，一点儿也没有因无意之中她变成了"法西斯"就生我的气，虽然那时她头上还顶着"白地主"的"恶名"。她对我几乎有一种天然生成的服从感，即使在我把她当成"法西斯"的时刻她也不跟我翻脸。"法西斯"和"白地主"应当是相差不远的，可是白大省不恼我。为此我常做些暗想：因为她被男生称做了"白地主"，日久天长她简直就觉得自己已经是个地主了吧？地主难道不该服从人民么？那时的我就是白大省的“人民”，并且我比她长得好看，也不像她那么笨。姥姥就经常骂白大省笨：剥不干净蒜，反倒把蒜汁沤进自己指甲缝里哼哼唧唧地哭；明明举着苍蝇拍子却永远也打不死苍蝇；还有，丢钱丢油票。那时候吃食用油是要凭油票购买的，每人每月才半斤花生油。丢了油票就要买议价油，议价花生油一块五毛钱一斤，比平价油贵一倍。有一次白大省去北口买花生油，还没进店门就把油票和钱都丢了。姥姥骂了她一天神不守舍，“笨，就更得学着精神集中，你怎么反倒比别人更神不守舍呢你！”姥姥说。

在我看来，其实神不守舍和精神集中是一码事。为什么白大省会丢钱和油票呢？因为九号院赵奶奶家来了一位赵叔叔。那阵子白大省的精神都集中在赵叔叔身上了，所以她也就神不守舍起来。这位姓赵的青年，是赵奶奶的侄子，外省一家歌舞团的舞蹈演员，在他们歌舞团上演的舞剧《白毛女》里饰演大春的。他脖颈上长了一个小瘤子，来北京做手术，就住在了赵奶奶家。“大春”是这胡同里前所未有的美男子，二十来岁吧，有一头自然弯曲的鬈发，乌眉大眼，嘴唇饱满，身材瘦削却不显单薄。他穿一身没有领章和帽徽的军便服，那本是“样板团”才有资格配置的服装。他不系风纪扣，领口露出白得耀眼的衬衫，洋溢着一种让人亲近的散漫之气。女人不能不为之倾倒，可与他见面最多的，还是我们这些尚不能被称做女人的小女孩。那时候女人都到哪儿去了呢，女人实在不像我们，只知道整日聚在赵奶奶的院子里，围绕着“大春”疯闹。那“大春”对我们也有着足够的耐心，他教我们跳舞，排演《白毛女》里大春将喜儿救出山洞那场戏。他在院子正中摆上一张方桌，桌旁靠一只略矮的机凳，机凳旁边再摆一只更矮的小板凳，这样，山洞里的三层台阶就形成了。这场戏的高潮是大春手拉喜儿，引她一步高似一步地走完三层“台阶”，走到“洞口”，使喜儿见到了洞口的阳光，惊喜之中，二人挺胸踢腿，做一美好造型。这是一个激动人心的设计，这是一个激动人心的场面，是我们心中的美梦。胡同里很多女孩子都渴望着当一回此情此景中的喜儿，洞口的阳光对我们是不重要的，重要的在于我们将与这鬈发的“大春”一道迎接那阳光，我们将与他手拉着手。我们躁动不安地坐在院中的小板凳上等待着轮到我们的时刻，彼此妒忌着又互相鼓励着。这位“大春”，他对我们不偏不倚，他邀请我们每人至少都当过一次喜儿。唯有白大省，唯有她拒绝与“大春”合作，虽然她去九号院的次数比谁都多。

为了每天晚饭后能够尽快到九号院去，白大省几次差点和姥姥发火。因为每天这时候，正是姥姥出恭的时刻。白大省必得为姥姥倒完便盆才能出去。而这时，九号院里《白毛女》的“布景”已经搭好了。啊，这真是一个折磨人的时刻，姥姥的屎拉得是如此漫长，她抽着烟坐在那儿，有时候还戴着花镜读大三十二开本的《毛主席语录》。这使她显得是那么残忍，为什么她一点儿也不理会白大省的心呢？站在一边的我，一边庆幸着倒便盆的任务不属于我，又同情着我的表妹白大省。“我可先走了。”——每当我对白大省说出这句话，白大省便开始低声下气而又勇气非常地央求姥姥：“您拉完了吗？您能不能拉快点儿？”她隔着门帘冲着里屋。她的央求注定要起反作用，就因为她是白大省，白大省应当是仁义的。果然门帘里姥姥就发了话，她说这孩子今天是怎么啦，有这么跟大人说话的吗，怎么养你这么个白眼儿狼啊，拉屎都不得消停……

白大省只好坐在外屋静等着姥姥，而姥姥仿佛就为了惩罚白大省，她会加倍延长那出恭的时间。那时我早就一溜烟似的跑进了九号院，我内疚着我的不够仗义，又盼望着白大省早点过来。白大省总会到来的，她永远坐在一个不起眼的角落，虽然她是那么盼望“大春”会注意到她。只有我知道她这盼望是多么强烈。有一天她对我说，赵叔叔不是北京户口，手术做完了他就该走了吧？我说是啊，很可惜。这时白大省眼神发直，死盯着我，却又像根本没看见我。我碰碰她的手说，哎哎，你怎么啦？她的手竟是冰凉的，使我想起了冰镇杨梅汽水，她的手就像刚从冰柜里捞出来的。那年她才十岁，她的手的温度，实在不该是一个十岁的温度，那是一种不能自已的激情吧，那是一种无以言说的热望。此时此刻我望着坐在角落里的白大省，突然很想让“大春”注意一下我的表妹。我大声说，赵叔叔，白大省还没演过喜儿呢，白大省应该演一次喜儿！赵叔叔——那鬈发的“大春”就向白大省走来。他是那么友好那么开朗，他向她伸出了一只手，他在邀请她。白大省却一迭声地拒绝着，她小声地嘟囔：“我不，我不行，我不会，我不演，我不当，我就是不行……”这个一向随和的人，在这时却表现出了让人诧异的不大随和。她摇着头，咬着嘴唇，把双手背到身后。她的拒绝让我意外，我不明白她是怎么了，为什么她会拒绝这久已盼望的时刻。我最知道她的盼望，因为我摸过她的冰凉的手。我想她一定是不好意思了，我于是鼓动似的大声说你行你就行，其他几个女孩子也附和着我。我们似乎在共同鼓励这懦弱的白大省，又共同怜悯这不如我们的白大省。“大春”仍然向白大省伸着手，这反而使白大省有点要恼的意思，她开始大声拒绝，并向后缩着身子。她的脑门沁出了汗，她的脸上是一种孤立无援的顽强。她僵硬地向后仰着身子，像要用这种姿态证明打死也不服从的决心。这时“大春”将另一只手也伸了出来，他双臂伸向白大省，分明是要将她从小板凳上抱起来，分明是要用抱起她来鼓励她上场。我们都看见了赵叔叔这个姿态，这是多么不同凡响的一个姿态，白大省啊你还没有傻到要拒绝这样一个姿态的程度吧。白大省果然不再大声说“不”了，因为她什么也说不出来了，“咕咚”一声她倒在地上，她昏了过去，她休克了。

很多年之后白大省告诉我，十岁的那次昏倒就是她的初恋。她分析说当时她恨透了自己，却没有办法对付自己。直到今天，三十多岁的白大省还坚持说，那位赵叔叔是她见过的最好看的中国男人。长大成人的我不再同意白大省的说法，因为我本能地不喜欢大眼睛双眼皮的男人。但我没有反驳白大省，只是感叹着白大省这拙笨之至又强烈之至的“初恋”。那个以后我们再也未曾谋面的赵叔叔，他永远也不会知道，当年驸马胡同那个十岁的女孩子白大省，就是为了他才昏倒。他也永远不会相信，一个十岁的女孩子，当真能为她心中的美男子昏死过去。他们那个年纪的男人，是不会探究一个十岁的女人的心思的，在他眼里她们只是一群孩子，他会像抱一个孩子一样去抱起她们，他却永远不会知道，当他向她们伸出双臂时，会掀起她们心中怎样的风暴。他在无意之中就伤了胡同里那么多女孩子的心，当他和三号院西单小六的事情发生后，那些与他“同台”饰演喜儿的小女孩才知道，他其实从来就没有注意过她们，他倾心的是胡同里远近闻名的那个西单小六。为什么一个十岁的小女孩能为一个大男人昏过去呢，而西单小六，却几乎连正眼都不看一下那“大春”，就能弄得他神魂颠倒。

二

西单小六那时候可能十九岁，也可能十七岁，她和她的全家前几年才搬到驸马胡同。她们家占了三号院五间北房，北房原来的主人简先生和简太太，已被勒令搬到门房去住，谁让简先生解放前开过药铺呢，他是个小资本家，而西单小六的父亲是建筑公司的一名木匠。

西单小六的父母长得矮小干瘪，可他们多么会生养孩子啊，他们生的四男四女八个孩子，男孩子个个高大结实，女孩子个个苗条漂亮。他们是一家子粗人，搬进三号院时连床都没有，他们睡铺板。他们吃得也粗糙，经常喝菜粥，蒸窝头。可他们的饮食和他们的铺板却养出了西单小六这样一个女人。她的眉眼在姐妹之中不是最标致的，可她却天生一副媚入骨髓的形态，天生一股招引男人的风情。她的土豆皮色的皮肤光润细腻，散发出一种新鲜锯末的暖洋洋的清甜；她的略微潮湿的大眼睛总是半眯着，似乎是看不清眼前的东西，又仿佛故意要用长长的睫毛遮住那火热的黑眼珠。她蔑视正派女孩子的规矩：紧紧地编结发辫。她从来都是把辫子编得很松垮，再让两鬓纷飞出几缕柔软的碎头发，这使她看上去胆大包天，显得既慵懒又张扬，像是脑袋刚离开枕头，更像是跟男子刚有过一场鬼混。其实她很可能只是刚刷完熬了菜粥的锅，或者刚就着腌雪里蕻吃下一个金黄的窝头。每当傍晚时分，她吃完窝头刷完锅，就常常那样慵懒着自己，在门口靠上一会儿，或者穿过整条胡同到公共厕所去。当她行走在胡同里的时候，她那蛊惑人心的身材便得到了最充分的展示。那是一个穿肥裆裤子的时代，不知西单小六用什么方法改造了她的裤子，使这裤子竟敢曲线毕露地包裹住她那紧绷绷的弹性十足的屁股。她的步态松懈，身材却挺拔，她就用这松懈和挺拔的奇特结合，给自己的行走带出那么一种不可一世的妖娆。她经常光脚穿着拖鞋，脚指甲用凤仙花汁染成恶俗的杏黄——那时候，全胡同、全北京又有谁敢染指甲呢，唯有西单小六。她就那么谁也不看地走着，因为她知道这胡同里没什么人理她，她也就不打算理谁。她这样的女性，终归是缺少女朋友的，可她不在乎，因为她有的是男朋友。她加入着一个团伙，号称西单纵队的，“西单小六”这绰号，便是她加入了西单纵队之后所得。究其本名，也许她应该被称为小六吧，她在兄弟姐妹中排行老六。“西单小六”的这个团伙，是聚在一起的十几个既不念书（也无书可念）、又不工作的年轻人，都是好出身，天不怕地不怕的，专在西单一带干些串胡同抢军帽、偷自行车转铃的事。然后他们把军帽、转铃拿到信托商店去卖，得来的钱再去买烟买酒。那个年代里，军帽和转铃是很多年轻人生活中的向往，那时候你若能得到一顶棉制栽绒军帽，就好比今日你有一件质地精良的羊绒大衣；那时候你的自行车上若能安一只转铃，就好比今日你的衣兜里装着一只小巧的手机。“西单小六”在这纵队里从不参加抢军帽、偷转铃，据说她是纵队里唯一的女性，她的乐趣是和这纵队里所有的男人睡觉。她和他们睡觉，甚至也缺乏这类女人常有的功利之心，不为什么，只是高兴，因为他们喜欢她。她最喜欢让男人喜欢，让男人为她打架。

她的种种荒唐，自然瞒不过家人的眼，她的木匠父亲就曾将她绑在院子里让她跪搓板。这西单小六，她本该令她的兄弟姐妹抬不起头，可她和他们的关系却出奇的好。当她跪搓板时，他们抢着在父亲面前替她求情。她罚跪的时间总是漫长的，有时从下午能跪到半夜。每一次她都被父亲剥掉外衣，只剩下背心裤衩。兄弟姐妹的求情也是无用的，他们看着她跪在搓板上挨饿受冻，心里难受得不行。终于有一次，她的那些同伙，西单纵队的哥儿们知道了她正在跪搓板，他们便在那天深夜对驸马胡同三号搞了一次“偷袭”。他们翻墙入院，将西单小六松了绑，用条红白相间的毛毯裹住扛出了院子。然后，他们骑上每人一辆的凤凰18型锰钢自行车，再铆足了劲，示威似的同时按响各自车把上那清脆的转铃，紧接着就簇拥着西单小六在胡同里风一样地消失了。

那天深夜，我和白大省都听见了胡同里刺耳的转铃声，姥姥也听见了，她迷迷瞪瞪地说，准是西单小六他们家出事了。第二天胡同里就传说起西单小六被“抢”走的经过。这传说激起了我和白大省按捺不住的兴奋、好奇，还有几分紧张。我们奔走在胡同里，转悠在三号院附近，希望能从方方面面找到一点证实这传说的蛛丝马迹。后来听说，给西单纵队通风报信的是西单小六的三哥，西单小六本人反倒从不向她那些哥儿们讲述她在家里所受的惩罚。谁看见了他们是用条红白相间的毛毯裹走了西单小六呢？谁又能在半夜里辨得清颜色，认出那毛毯是红白相间呢？这是一些问题，但这样的问题对我们没有吸引力。我们难忘的，是曾经有这样一群男人，他们齐心协力，共同行动，抢救出了一个正跪在搓板上的他们喜爱的女人。而他们抢她的方式，又是如此的震撼人心。西单小六仿佛就此更添了几分神秘和奇诡，几天之后她没事人似的回到家中，又开始在傍晚时分靠住街门站着了。她手拿一只钩针，衣兜里揣一团白线，抖着腕子钩一截贫里贫气的狗牙领子。很可能九号院赵奶奶的侄子、那鬈发的“大春”就是在这时看见了西单小六吧，西单小六也一定是在这样的时候用藏在睫毛下的黑眼珠瞟见了“大春”。

这一男一女，命中注定是要认识的，任什么也不可阻挡。听赵奶奶跟姥姥说，那鬼迷心窍的“大春”手术早就做完了，单位几次来信催他回去，他理也不理，不顾赵奶奶的劝阻，竟要求西单小六嫁给他，跟他离开北京。西单小六嘻嘻哈哈地不接话茬儿，只是偷空跟他约会。后来，西单纵队的那伙人，就是在赵奶奶的后院把他俩抓住的。照例是个夜晚，他们照例翻墙进院，用毛毯将裸体的西单小六裹走，又把那“大春”痛打一顿，以匕首威胁着将他轰出了北京。

胡同里有人传说，说这回西单纵队潜入赵奶奶家后院，是西单小六故意勾来的。她一挑动，男人就响应。她是多么乐意让男人在她眼前出丑啊。这传说若是真的，西单小六就显得有点卑鄙了。美丽而又卑鄙，想来该是伤透了“大春”的心。

赵奶奶哭着对姥姥说，真是作孽啊，咱们胡同怎么招来这么个狐狸精。姥姥陪着赵奶奶落泪，还嘱咐我们，不许去三号院玩，不许和西单小六家的人说话。她是怕我们学坏，怕我们变成西单小六那样的女人。

我就在这个时期离开了北京，回到了B城父母的身边。

那时我的父母刚刚结束在一座深山里的“五七干校”的劳动，他们回家之后第一件事就是把我从姥姥家接回来，要我在B城继续上学。他们是那样重视与我的团聚，而我的心，却久久地留在北京的驸马胡同了。我知道胡同里那些大人是不会想念我这样一个与他们无关的孩子的，可我却总是专心致志地想念胡同里一些与我无关的大人：鬈发的“大春”，西单小六，赵奶奶，甚至还有赵奶奶家的女猫妞妞。我曾经幻想如果我变成妞妞，就能整日整夜与那“大春”在一起了，我还能够看见他和西单小六所有的故事。我听说西单纵队的人去赵奶奶家后院抓“大春”和西单小六时，妞妞在房顶上好一阵尖叫。它是喊人救命呢，还是幸灾乐祸地欢呼呢？而我想要变成妞妞，究竟打算看见“大春”和西单小六的什么故事呢？以我那时的年龄，我还不知道一个男人和一个女人在一起要做什么事。我的心情，其实也不是嫉妒，那是一团乱七八糟的惆怅和不着边际的哀伤。因为我没像白大省那样“爱”上赵奶奶的侄子，我也不厌恶被赵奶奶说成狐狸精的西单小六。我喜欢这一男一女，更喜欢西单小六。我不相信那天夜里她是有意让“大春”出丑，就算是有意让“大春”出丑又怎样？我在心里替她开脱，这时我也显得很卑鄙。这个染着恶俗的杏黄色脚指甲的女人，她开垦了我心中那无边无际的黑暗的自由主义情愫，张扬起我渴望变成她那样的女人的充满罪恶感的梦想。十几年后我看伊丽莎白·泰勒主演的《埃及艳后》，当看到埃及妖后吩咐人用波斯地毯将半裸的她裹住扛到恺撒大帝面前时，我立刻想到了驸马胡同的西单小六，那个大美人，那个艳后一般的人物，被男男女女口头诅咒的人物。

在很长的时间里我都没把对西单小六的感想告诉我的表妹白大省，我以为这是一个忌讳：当年是西单小六“夺”走了白大省为之昏过去的“大春”。再说，到了八十年代初期，三号院那五间大北房又回到了住门房的简先生手中，西单小六一家就搬走了。她已经在驸马胡同消失，我又有什么必要一定要对白大省提起西单小六呢。直到有一次，大约两年前，我和白大省在三里屯一个名叫“橡木桶”的酒吧里见到了西单小六。她不是去那儿消遣的，如今她是“橡木桶”的女老板。

那是一间竭力模仿异国格调的小酒吧，并且也弥漫着一股异国餐馆里常有的人体的膻气和肉桂、香叶、咖喱等调料相混杂的味道。酒吧看上去生意不错，烛光幽暗，顾客很多——大都是外国人。墙上挂着些兽皮、弓箭之类，吧台前有两个南美模样的女歌手正弹着西班牙吉他演唱《吻我，吉米》。我就在这时看见了西单小六。尽管二十多年不见，在如此幽暗的烛光下我还是一眼就把她认了出来。我为此一直藐视那些胡编乱造的故事，什么某某和某某十几年不见就完全不认识了并由此引出许多误会什么的，这怎么可能呢，反正我不会。我认出了西单小六，她有四十多岁了吧？可你实在不能用“人老珠黄”来形容她。她穿一条低领口的黑裙子，戴一副葵花形的钻石耳环；她的身材丰满却并不臃肿，她依旧美艳并对这美艳充满自信；她正冲着我们走过来，她的行走就像从前在驸马胡同一样，步态悠然，她的神情只比从前更多了几分见过世面的随和。她看上去活得滋润，也挺满足，虽然有点俗。我对白大省说，嗨，西单小六。这时西单小六也认出了我们，她走到我们跟前说，从前咱们做过邻居吧。她笑着，要侍者给我们拿来两杯“午夜狂欢”——属于她的赠送。她的笑有一种回味故里的亲切，不讨厌，也没有风尘感。我和白大省也对西单小六笑着，我们的笑里都没有恶意，我们对她能一下子认出从前胡同里的两个孩子感到惊异。我们只是不知道怎样称呼她，只好略过称呼，客气又不失真实地夸赞她的酒吧。她开心地领受这称赞，并扬扬手叫过了一个正在远处忙着什么的宽肩厚背的年轻人，那年轻人来到我们面前，西单小六介绍说这是她的先生。

那个晚上，我和白大省在“橡木桶”过得很愉快。西单小六和她那位至少小她十岁的丈夫使我们感慨不已。我们感叹这个不败的女人，谜一样的不败的女人。白大省就在那个晚上告诉我，她从来就没有憎恨过西单小六。她让我猜猜她最崇拜的女人是谁，我猜不着，她说她最崇拜的女人是西单小六，从小她就崇拜西单小六。那时候她巴望自己能变成西单小六那样的女人，骄傲，貌美，让男人围着，想跟谁好就跟谁好。她常常站在梳妆镜前，学着西单小六的样子松散地编小辫，并三扯两扯扯出鬓边的几撮头发。然后她靠住里屋门框垂下眼皮愣那么一会儿，然后她离开门框再不得要领地扭着胯在屋里走上那么几圈。她看着镜子里的自己，亢奋而又鬼祟，自信而又气馁。她是多么想如此这般地跑出家门跑到街上，当然她从来就没有如此这般地跑出过家门跑到过街上，也从没有人见过她模仿西单小六的怪样，包括我。

那个晚上我望着走在我身边显得人高马大的白大省，我望着她的侧面，心想我其实并不了解这个人。

三

我的这位表妹白大省，她那长大之后仍然傻里傻气的纯洁和正派，常常让我觉得是这世道仅有的剩余。在中学和大学里她始终是好学生，念大三时她还当过校学生会的宣传部长。她天生乐于助人，热心社会活动，不惜为这些零零碎碎的活动耽误学习。我窃想也许她本来就不太喜欢学习本身。她念的是心理系，有时候她会在上课时溜回宿舍睡大觉，不过这倒也没有妨碍她顺利毕业。她毕了业，进了四星级的凯伦饭店，后来就一直固定在销售部。在那儿得卖房，单凭散客和旅行社的固定客户是不够的，得主动出击寻找客源。她的目标是京城的合资、独资企业以及外国公司的代表处，她需经常在这些企业的写字楼里乱串，登门入室，向人家推销凯伦的客房，并许以一些优惠条件。凯伦的职员把这种业务形式统称为“扫楼”。听上去倒是有一种打击一大片的气势，扫视或者扫射吧，这可不是闹着玩儿的。我简直想不出白大省拿什么来作为她“扫楼”的公关资本，或者换个说法，白大省简直就没有什么赖以公关的优势。她相貌一般，一头粗硬的直短发，疏于打扮，爱穿男式衬衫。个子虽说不矮，但是腰长腿短，过于丰满的屁股还有点下坠，这使她走起路来就显得拙笨。可是她的“扫楼”成绩在她们销售部还是名列前茅的，凭什么呢白大省？难道她就是凭了由小带到大的那份“仁义”么？凭了她那从里到外的一股子莫名其妙的待人的真情？我领教过白大省待人的真情。那年她念大二，到我们B城一所军事指挥学院参加封闭式的大学生军训。军训结束时，我给她打电话，让她先别回北京，在B城留两天，到我家来住。那时我刚结婚，幸福得不得了，我愿意让白大省看看我的新家，认识我对她说过一百遍的我的丈夫王永。白大省欣然答应，在电话里跟王永姐夫长姐夫短的好不亲热。我们迎她进门，给她做了一大堆好吃的。回想起小时候在驸马胡同南口买冰镇汽水的时光，我还特意买来了小肚，这曾经是我和白大省小时候最爱吃的东西。我的父母——白大省的姨父和姨妈也赶来我家和我们一起吃饭。大家异口同声地说军训使白大省黑了，也结实了。话题由此开始，白大省就对我们说起了她的军训时光。毫无疑问她是无限怀恋这军训的，她详细地向我们介绍她每天的活动，从早晨起床到晚上睡觉，背包怎么打，迷彩服怎么穿，部队小卖部都卖些什么，她们的排长人怎么怎么好，对她们多么严格，可是大家多么服他的气，那排长是山东人，有口音，可是一点儿也不土，你们不知道他是多么有人情味儿啊，别以为他就会“立正”“稍息”“向右转”，就会个匍匐前进，就会打个枪什么的，那个排长啊，他会拉小提琴，会拉《梁祝》，噢，对了，还有指导员……

整整一顿饭，白大省沉浸在军训的美妙回味中。她看不见眼前的饭菜，看不见我特意为她买来的小肚，看不见她的姨父姨妈，看不见她的姐夫王永，看不见我们明快、舒适的新家。除了军训、排长、指导员，她对一切都视而不见。此时此刻仿佛她身在何处、与谁在一起都是不重要的，哪怕你就是把她扔到街上，只要能允许她讲她的军训，她也会万分满足。到了晚上，白大省去卫生间洗澡时，我给她送进去一块浴巾，谁知这浴巾竟引得她把自己关在卫生间里哭了一场。我隔着门问她怎么啦怎么啦，她也不答话。一会儿，她红头涨脸、眼泪汪汪地出来了，她说我告诉你吧，我现在见不得绿颜色，什么绿颜色都能让我想起部队，想起解放军。话没说完，她把脸埋在那块绿浴巾里又哭起来，好像那就是她们排长的军服似的。

白大省这种不加克制的对几个军人的想念，实在叫人心烦，也使她看上去显得特别浑不知事。我不想再听她的军训故事，我也担心王永不喜欢我的这位表妹。第二天早饭后我提议和白大省上街转转，她还不知道B城什么样呢。白大省答应和我一起上街，可是紧接着她就问我附近有邮局吗，她说她昨天夜里给排长他们写了几封信，她要先去邮局把信发出去。她说告别时她答应了他们一回去就写信的，她说要说话算数。我说可是你还没有回到北京啊，她说在当地发信他们不是收到得更快么——唉，这就是白大省的逻辑。幸亏不久以后驸马胡同发生了一系列变化，要不然她对亲人解放军的思念得持续到何年何月啊。

先是我们的姥姥去世了，姥姥去世前已经瘫痪了三年。姥姥一直跟着白大省的父母，也就是我的姨父和姨妈生活，可是因为姨父和姨妈八十年代初才从外地调回北京，所以姥姥和白大省在一起的时间最长。在我的记忆里，她指责、呲嗒白大省的时间也就最长。特别当她瘫痪之后，她就把指责白大省当成了她生活中一项重要的乐趣。她指责的内容二十多年如一日，无非是我从小就听惯的“笨”呀、“神不守舍”什么的，而这些时候，往往正是白大省壮工似的把姥姥从床上抱上抱下给她接屎接尿的时候。白大省的弟弟白大鸣从不伸手帮一帮白大省，可是姥姥偏袒他，几个舅舅每月寄给姥姥的零花钱，姥姥全转赠给了白大鸣。白大鸣什么时候往姥姥床前一栖乎，姥姥就从枕头底下掏钱。有一次我对白大省说，姥姥这人最大的问题就是偏心眼儿，看把白大鸣惯的，小少爷似的。再说了，他要真是小少爷，你不还是大小姐么。白大省立刻对我说，她愿意让姥姥护着白大鸣，因为白大鸣小时候得过那么多病。可怜的大鸣！白大省眼圈儿又红了，她说你想想，他生下来不长时间就得了百日咳；两岁的时候让一粒榆皮豆卡住嗓子差点憋死；三岁他就做了小肠疝气手术；五岁那年秋天他掉进院里那口干井摔得头破血流；七岁他得过脑膜炎；十岁他被同学撞倒在教室门口的台阶上磕掉了门牙……十一岁……十三岁……为什么这些倒霉事儿都让大鸣碰上了呢？为什么我一件都没碰上过呢？一想到这些我心里就一阵阵地疼，哎哟疼死我了……

白大省的这番诉说叫人觉得她一直在为自己是个健康人而感到内疚，一直在为她不像她的弟弟那么多灾多病而感到不好意思。我还有什么可说的呀？我再说下去几乎就成了挑拨他们姐弟的关系了，尽管我一百个看不上白大鸣。

姥姥死了，白大省哭得好几次都背过气去。我始终在猜想她哭的是什么呢？姥姥一生都没给过她好脸子，可留在她心中的，却是姥姥的一万个好。有一回她对我说，姥姥可是个见过大世面的老太太。那会儿，七十年代末，商店的化妆品柜台刚出现指甲油的时候，白大省买了一瓶，姥姥就说，你得配着洗甲水一块儿买，不然你怎么除掉指甲油呢？白大省这才明白，洗指甲和染指甲同样重要。她又去商店买洗甲水，售货员说什么洗甲水？没听说过。白大省对我说，哼，那时候她们连洗甲水都不知道，可是姥姥知道。你说姥姥是不是挺见过世面？我心说这算什么见过世面，可我到底没说，我不想扫白大省的兴。我只是觉得一个人要想得到白大省的佩服太容易了。

姥姥死后，姨妈的单位——市内一所重点中学又分给他们一套两居室的单元房，属于教师的安居工程。全家做了商量：姨父姨妈带着白大鸣搬去新居，驸马胡同的老房留给白大省。从今往后，白大省将是这儿的主人，她可以在这儿成家立业，结婚生子，永远永远地住下去。在寸土寸金的北京西城商业区，这是招人羡慕的。白大省就在这时开始了她的第二场恋爱（如果十岁那次算是第一场的话）。那时她念大四，她的很多同学都知道她有两间自己的房子。有时候她请一些同学来驸马胡同聚会，有时候外地同学的亲戚朋友也会在驸马胡同借住。同班男生郭宏的母亲来北京治病，就在白大省这儿住了半个月。后来，郭宏就和白大省谈恋爱了。郭宏是大连人，这人我见过，用白大省的话说，“长得特像陈道明或者陈道明的弟弟”。这人话不多，很机灵，凭直觉我就觉得他不爱白大省。可我怎么能说服白大省呢，那阵子她像着了魔似的。你只要想一想她怀念军训的那份激情，就能推断出在这样的一场恋爱里她的情感会有怎样的爆发力。

四

那时候白大省经常问我，要是你和一个男人结婚，你是选择一个你们俩彼此相爱的呢，还是选择一个他爱你比你爱他更厉害的呢，或者选择一个你爱他比他爱你更厉害的呢？——当然，你肯定选择彼此相爱，你和王永就是彼此相爱。白大省替我回答。我问她会选什么样的，她说，也许我得选择我爱他比他爱我更……更……她没再往下说。但我从此知道，事情一开始她给自己制定的就是低标准，一个忘我的、为他人付出的、让人有点心酸的低标准。她仿佛早就有一种预感，这世上的男人对她的爱意永远也赶不上她对他们的痴情。问题是我还想接着残忍地问下去问我自己，这世上的男人又有谁对白大省有过真的爱意呢？郭宏和白大省交朋友是想确定了恋爱关系毕业后他就能留在北京。我早就看出了这一层，我提醒她说郭宏在北京可没家，她说我们结了婚他不就有家了么。

也许郭宏本是要与白大省结婚的，他们已经在一块儿过起了日子。白大省把伺候郭宏当成最大的乐事，她给他买烟，给他洗袜子，给他做饭，招一大帮同学在驸马胡同给他开生日 party，让所有的人都知道他们的恋爱是认真的，是往结婚的路上走的那种。郭宏家的人来北京她是全陪，管吃管住还管掏钱买东西。她开始厚着脸皮跟家里多要钱，有一次为了给郭宏的小侄子买一只“沙皮狗”，她居然背着姨父和姨妈卖了家里一台旧电扇。真是何苦呢！可是忽然间，就在临近毕业时，郭宏又结识了学校一个日本女留学生，打那儿以后郭宏就不到驸马胡同来了。他是想随了那日本学生到日本去的，郭宏一好友曾经透露。这是一个打定了主意要吃女人饭的男人，当他能够去日本的时候，为什么还要留在北京呢。用不着留在北京，他就不必和白大省结婚。

直到今天我还记得白大省向我哭诉这一切时的样子，她膀眉肿眼，奓着头发，盘腿坐在她的大床上，咬着牙根（我刚发现白大省居然也会咬牙根）说我真想报复郭宏啊我真想报复他，让他留不成北京，让他回他们东北老家去！接着她便计划出一大串报复他的方式，照我看都是些幼稚可笑没有力量的把戏。说到激动之处她便打起嗝儿来，凄切而又嘹亮，像是历经了大的沧桑。可是，当我鼓动她无论如何也要出这口恶气时，她却不说话了。她把自己重重地往床上一砸，扯过一条被子，便是一场蒙头大睡。我看着眼前的这座“棉花山”，想着在有些时候，棉被的确是阻隔灾难的一件好东西，它能抵挡你的寒冷，模糊你的仇恨，缓解你的不安，掩盖你的哀伤。白大省在棉被的覆盖下昏睡了一天，当她醒来之后就再也不提报复郭宏的事了。遇我追问，她就说，唉，我要是有西单小六那两下子就好了，可我不是西单小六啊，问题是——我要真是西单小六也就不会有眼前这些事儿了。郭宏敢对西单小六这样吗？他敢！这话说的，好像郭宏敢对她白大省这样反倒是应当应分的。

白大省就在失去郭宏的悲痛之中迎来了她的毕业分配，在凯伦饭店，她开始了人生的又一番风景。她工作积极，待人热诚，除了在西餐厅锻炼时（去餐厅锻炼是每个员工进店之后的必修课）长了两公斤肉，别处变化不大。她还是像个学生，没有沾染大酒店假礼貌下的尖刻和冷漠之气。偶尔受了同事的挤对，她要么听不出来，要么哈哈一笑也就过去了。她赢了个好人缘，连更衣室的值班大妈都夸她：别看咱们饭店净漂亮妞儿，我还就瞧着白大省顺眼。多咱见了我们都打招呼，大妈长大妈短，叫得人心里热乎乎的。不怕您笑话呀，现如今我儿媳妇叫我一声妈都费老劲了，哎，我说白大省，今儿个你干吗往衬衫领子下头围一块小绸巾呀，绸巾不是该往脖子上系的吗……更衣室大妈不拿白大省当外人，逮着她就跟她穷聊。

过了些时候，白大省开始了她的又一次恋爱。这一回，对方名叫关朋羽，凯伦饭店客房部的，比白大省小一岁，个子和白大省差不多。他俩是在饭店圣诞晚会的排练时熟起来的，关朋羽演唱美声的《长江之歌》，白大省的节目是民歌《回娘家》。这首《回娘家》白大省大学时就唱熟了。她还有一个优点就是不憷台，这跟在学生会做过宣传部长有关。只是在排练过程中她总是出一些小麻烦，比如当唱到“左手一只鸡，右手一只鸭，身上还背着一个胖娃娃”时，她理应先伸左手再伸右手，她却总是先伸右手后伸左手。麻烦虽不大，但让人看着别扭。那时坐在台下的关朋羽就悄悄地冲她打手势，提醒她“先左，先左”。白大省看见了关朋羽的手势，也听见了他的提醒，他的小动作使她心中涌起一种莫可名状的感动，也就像有了靠山有了仗势一样地踏实下来，她遵照关朋羽的指示伸对了手——“先左”。到了后来，再遇排练，还没唱到“左手一只鸡，右手一只鸭”时她就预先把眼光转向了台下的关朋羽，有点像暗示，又有点像撒娇。她暗示关朋羽别忘了对她的暗示：我可快要出错儿了呀，你可别忘了提醒我呀。到了伸手的关键时刻，她其实已经可以顺利地“先左”了，可她却还假装着犹豫，假装着不知道她的手该怎么伸。台下的关朋羽果真就急了，他腾地向她伸出了左手。白大省就喜欢看关朋羽着急的样子，那不是为别人着急，那是专为她白大省一人的着急。白大省乐不可支，她的“调情”技巧到此可说是达到了一个小高潮——也仅此而已，她再无别的花招。

关朋羽和郭宏不同，他是一种天生喜欢居家过日子的男人，注意女性时装，会织毛衣，能弹几下子钢琴，还会铺床。第一次随白大省到驸马胡同，他就向她施展了来自客房部的专业铺床和“开床”技术。他似乎从未厌烦过他平凡的本职工作，甚至还由此养成了一种职业性的嗜好：看见床就想铺它、“开”它。他吩咐白大省拿给他一套床单被单，他站在床脚双手攥住床单两角，哗啦啦地抖开，清洁的床单波浪一般在他果断的手势下起伏涌动，瞬时间就安静下来端正地铺展在床垫上。然后他替白大省把枕头拍松，请她在床边坐下，让她体味他的技术和劳动。他们——关朋羽和白大省，此刻就和床在一起，却谁也没有意识到他们能和这床发生点什么事情，叫人觉得铺床的人总是远离床的，就像盖房的人终归是远离房。白大省只从关朋羽脸上看到了一种劳动过后的天真和清静，没有欲望，也没有性。

他们还是来往了起来。饭店淘汰下一批家具，以十分便宜的价格卖给员工，三件套的织锦缎面沙发才一百二十块钱。白大省买了不少东西，从沙发、地毯、微波炉，到落地灯、小酒柜、写字台，关朋羽就帮她重新设计和布置房间。白大省想到关朋羽喜欢弹琴，还咬咬牙花五百块钱买了饭店一架旧钢琴（外带琴凳）。白大省向父母要钱或者偷着卖老电扇的时代过去了，她远不是富人，可她觉得自己也不算缺钱花。她在新布置好的房间里给关朋羽过了一次生日，这回她多了个心眼儿，不像给郭宏过生日那回请一堆人。这回她谁也没请，就她和关朋羽两个人。她从饭店西餐厅订了一个特大号的“黑森林”蛋糕，又买了一瓶价格适中的“长城干红”。那天晚上，他们吃蛋糕，喝酒，关朋羽还弹了一会儿琴。关朋羽弹琴的时候白大省就站在他身边看他的侧面。她离他很近，他的一只耳朵差不多快要蹭到她胸前的衣襟。他的耳朵红红的，像兔子。白大省后来告诉我，当时她很想冲那耳朵咬一口。关朋羽一直在弹琴，可是越弹越不知自己在弹什么。身边的一团热气阻塞了他的思维，他不知道是一直看着琴键，还是应该冲那团热气扭一下头，后来他还是冲白大省扭了一下头。当他扭头的时候，不知怎么的，他的头连同他那只红红的耳朵就轻倚在白大省的怀里了。这是一个让白大省没有防备的姿势，也许她是想双手搂住怀中这个脑袋的，可是她膝盖一软，却让自己的身子向下滑去，她跪在了地上。她的跪在地上的躯体和坐在琴凳上的关朋羽相比显得有点肉大身沉，尽管这样看上去她已经比他显得低矮。她冲他仰起头，一副要承接的样子。他也就冲她俯下身子，亲了亲她的嘴，又不着边际地在她身上抚摸了一阵。她双手钩住了他的不算粗壮的脖子，她是希望一切继续的，他应该把她抱起来或者压下去。可是他显然有点胆怯，他似乎没有抱起她的力气，也没有压住她的分量。很可能他已经后悔刚才他那致命的一扭头了。他好像是再也没事干了才决定要那么一扭头的，又仿佛正是这一扭头才让他明白眼前的白大省其实是如此巨大，巨大得叫他摆布不了。或者他也为自己的身高感到自卑，为自己的学历感到自卑？白大省是大本文凭，他念的是旅游中专。也许这些原因都不是，关朋羽，他始终就没有确定自己是不是爱上了白大省。他终于从白大省的胳膊圈儿里钻了出来。他坐回到桌旁，白大省也坐回到桌旁，两个人看上去都很累。

忽然白大省说，要是咱们俩过日子，换煤气罐这类的事肯定是我的。

关朋羽就说，要是咱们俩过日子，换灯泡这类的事肯定是我的。

白大省说，要是咱们俩过日子，我什么都不让你干。

关朋羽就说，你真善良，我早看出来了。

他说的是真话，他明白并不是每个男人都能碰见这份善良的。就为了他早就发现的白大省这份赤裸裸的善良，他又亲了她一次。然后他们平静、愉快地告了别。

他们还没有谈到结婚，不过两人都是心照不宣的样子。销售部的同事问起白大省，她只是笑而不答。白大省到底积累了点经验，她忍耐住了她自以为的幸福。要是我们的另一位表妹小玢不来北京，我判断关朋羽会和白大省结婚的。可是小玢来了。

小玢是我们舅舅的女儿，家住太原。一连三年没考上大学，便打定主意到北京来闯天下。她的理想是当一名时装设计师，为此她选择了北京一家没有文凭、不管食宿、也不负责分配的服装学校。她花钱上了这学校，并来到驸马胡同要求和白大省同住。她理直气壮，不由分说。

五

小玢没来过北京，她却到哪儿也不憷，与人交往，天生的自来熟。她先是毫不忸怩地把驸马胡同当成了自己的家，她打开白大省的衣橱，刷啦啦地把白大省挂在衣杆上的衣服"赶"到一边，然后把自己带来的"时装"一挂一大片。她又打量了一阵写字台，把白大省戳在桌面上的几个小镜框往桌角一推，接着不同角度地摆上了几只嵌有自己玉照的镜框；其中一帧二十四寸大彩照，属于影楼艺术摄影那种格调的，她将它悬在了迎门，让所有人一进白大省家，先看见墙上被柔光笼罩的小玢在作妩媚之笑。最后她考虑到床的问题，她看看里屋唯一一张大床，对白大省说她睡觉有个毛病，爱睡“大”字，床窄了她就得掉下去。她要求白大省把大床让给她，自己再另支折叠床。白大省没有折叠床，只好到家具店现买了一张。剩下吃饭的问题，小玢也自有安排：早饭自己解决；晚饭谁早回来谁做（小玢永远比白大省回家晚）；中饭呢，小玢说她要到凯伦饭店和白大省一块儿吃，她说她知道白大省他们的午饭是免费的。白大省对此有些为难，毕竟小玢不是饭店的员工，这是个影响问题。小玢开导白大省说，咱们不要双份，咱俩合吃你那一份就行，难道你不觉得你该减肥了么，再不减肥，以后我给你设计服装都没灵感了。白大省看看自己的不算太胖、可也说不上婀娜的身材，一刹那还想起了比她文弱许多的关朋羽，就对小玢做了让步。女为悦己者瘦啊，白大省要减肥，小玢的中饭就固定在了凯伦饭店。说是与白大省合吃，实际每顿饭她都要吃去一多半，饿得白大省钉不到下午下班就得在办公室吃饼干。

凯伦饭店的中饭开阔了小玢的视野，她认识了白大省所有的同事，抄录下他们所有的电话、BP机号码。到了后来，她跟他们混得比白大省跟他们还熟。她背着白大省去饭店美容厅剪头发做美容（当然是免费）；让客房部的哥儿们给她干洗毛衣大衣；销售部白大省一个男同事，自己有一辆“富康”轿车的，居然每天早上开车到驸马胡同接小玢，然后送她去服装学校上学，说是顺路。这样，小玢又省出了一笔乘坐中巴的钱。她心安理得地享受着这些方便，当然她也知道感谢那些给她提供方便的人。她的习惯性感谢动作是拍拍他们的大腿，之后再加上这么一句：“你真逗！”男人被她拍得心惊肉跳的，“你真逗”这个含意不清的句子也使他们乐于回味，可他们又绝不敢对她怎么样。动不动就拍男人大腿本是个没教养的举动，可是发生在小玢身上就不能简单地用没教养来概括。她那一米五五的娇小身材，她那颗剪着“伤寒式”短发的小脑袋瓜，她那双纤细而又有力的小手，都给人一种介乎于女人和孩子之间的感觉，粗鲁而又娇蛮，用意深长而又不谙世事。她人小心大，旋风一般刮进了驸马胡同，她把白大省的生活搅得翻天覆地，最后她又从白大省手中夺走了关朋羽。

那是一个下午，白大省和福特公司的客户在民族饭店见面之后没再回到班上，就近回了驸马胡同。这次见面是顺利的，那位客户，一个歇顶的红脸美国老头已经答应和凯伦签合同，他们代表处将在凯伦饭店包租一年客房。这也意味着白大省可以从租金中得到千分之二的回扣。白大省这天的确用不着再回班上了，白大省实在应该回家好好庆祝庆祝。她回家开了门，看见小玢和关朋羽躺在她的大床上。

不能用鬼混来形容小玢和关朋羽，真要是鬼混，事情倒还有其他的一些可能。问题是小玢不想和关朋羽鬼混，关朋羽也觉得他应该娶的原来是小玢。这样，本来可能是白大省丈夫的关朋羽，没出两个月就变成了白大省的表妹夫。

想来想去，白大省不像恨郭宏那样恨关朋羽，让她感到揪心疼痛的是，她和关朋羽交往一年多了都没打过床的主意，可关朋羽和小玢没见过几次面就上了床。那是她的床啊，她白大省的床！

小玢搬出了驸马胡同，一句道歉的话也没跟白大省说，只给她留下一件她亲自为遮掩白大省那下坠的臀部而设计制作的一件圆摆衬衫，还忘了锁扣眼儿。倒是关朋羽觉得有些对不住白大省，有一天他跟小玢要了驸马胡同的钥匙——还没来得及还给白大省的钥匙，趁白大省上班，他找人拉走了白大省的旧床，又给白大省买来一张新双人床，还附带买了床罩、枕套什么的。他认真为她铺好床，认真到比铺他和小玢的婚床更多一百分的小心。他不让床单上有一道褶痕，不让床裙上有一粒微尘。接着他又为她开了床，就像他在饭店客房里每天都做的那样，拍松枕头，把罩好被单的薄毯沿枕边规矩地掀起一角，再往掀起的被角上放一枝淡黄色的康乃馨。就像要让白大省忘却在这个位置上发生的所有不快，又像是在祝福白大省开始崭新的日子。

白大省下班回来看见了新床和床上的一切，那是关朋羽技术和心意的结合，是他这样一个男人向她道歉的独特方式。白大省坐在折叠床上遥望这新大床一阵阵悲伤，因为她怀念的其实正是关朋羽让人搬走的那张旧床，那张深深伤害了她的旧床。倘若她能重返旧床，哪怕夜夜只她单独一人，至少她也能体味关朋羽曾经在过这床上的那一部分——就算不是和她。另一部分，小玢占据的那一部分她甚至可以遮起来不想。在旧床上她的心和身体都会感到痛的，可那是抓得住的一种伤痛，纵然痛，也是和他在一起的。眼前的新床又算什么呢，一堆没有来历的木头罢了。

关朋羽的新床带给驸马胡同的是更多的凄清。好比一个男人，早就打定了主意要背离爱他的女人，告别之前却非要给这女人擦一遍桌子，拖一拖地板，扶正墙上的一个镜框，再把漏水的龙头修上一修。这本是世上最残忍的一种殷勤，女人要么在这样的殷勤里绝望，要么从这样的殷勤里猛醒。

我的表妹白大省，她似乎有点绝望，却还谈不上就此猛醒，她只是久久不在那新床上睡觉就是了。第一次睡她那新大床的是我。那次我来北京参加一个少儿读物研讨会，有天晚上住在了驸马胡同。我躺在白大省的新床上，她躺在那张折叠床上，脸朝天花板跟我讲着小玢和关朋羽。她说小玢和关朋羽结婚后就不念那个服装学校了，两人也没房，就和关朋羽的父母一起住。他家住在一幢旧单元楼的一楼，辟出一间临街开了个门，小玢开起了成衣店， 生意还挺不错。白大省说他们结婚时她没去，她是想一辈子不搭理他们的，那时候天天下班回家就发誓。白大鸣为了支持白大省， 自己先作了姿态，他不与他们来往。可也不知怎么的，临近婚礼时白大省还是给他们买了礼物，一只消毒碗柜，托客房部的人转给了关朋羽。白大省说关朋羽又托客房部的人给她送了一袋喜糖。她说你猜我把那喜糖放哪儿去了，我说你肯定没吃。她指指房顶说我告诉你吧，让我站在院里都给扔到房上去了。

我闭眼想着我们头上那滋生着干草的灰瓦屋顶，屋顶依旧，只是女猫妞妞和男猫小熊早已不在了，不然那喜糖定会引起它们的一阵欢腾。最后白大省又埋怨起自己，她说全怪她警惕性不高啊，一不留神啊……我说这和留神不留神有什么关系，白大省说那究竟和什么有关系呢。

我没法回答白大省的问题，我于是请她看电影。那次我们看了一个没有公演的美国电影《完美的世界》，研讨会上发的票。看电影时我们都哭了，虽然克制但还是泪流满面。我们尽量默不作声，我们都长大了，不像从前看《卖花姑娘》的时候那么抽抽搭搭的。白大省偶尔还打一个嗝儿，憋成很细小的声音，只有我这么亲近的人才能觉察出她是在打嗝儿。《完美的世界》，那个罪犯和充当人质的孩子之间从恐惧憎恨到相亲相近的故事使白大省激动不已，仅在销售部，她就把这部电影给同事讲了四遍。我回B城后还接到过她一个长途电话，她说她从来没有像看了《完美的世界》以后那样热爱孩子，她第一次有点从心里羡慕我的职业了，她问我有没有可能托关系把她调到一个儿童出版社，她已经开始考虑改行了。我劝她说别神神经经的，出版社的活儿也不是那么好干的。白大省后来没再坚持改行，她不是听了我的劝，那是因为，她仿佛又开始恋爱了。

六

白大省认识夏欣是在驸马胡同，夏欣骑车拐弯时撞了正在走路的白大省。撞得也不重，小腿擦破了一点皮，夏欣一个劲儿向白大省道歉，还从衣兜里掏出一片创可贴，非要亲手按在白大省小腿上不可。后来白大省听夏欣说，那天他是去三号院看房的，三号院的简先生要把他那间八平方米的门房租出去。本来夏欣有意要租，希望简先生在租金上做些让步，但简先生分毫不让，他也就放弃了。

夏欣认为自己是一个才华横溢的人，只是生不逢时，社会上的好机会都让别人占了去。他毕业于一所社会大学，多年来光跟人合伙办公司就办过八九个，开过彩扩店，还倒腾过青霉素。样样都没长性，干什么也没赚了钱，跟父母的关系又不好，索性就想从家里搬出来。他让白大省帮他物色价格合理的房，他说他简直一天也不想再看见他父母的脸。白大省给夏欣提供了几则租房信息，有两次她还陪他一道去看房。看完了房，夏欣要请白大省吃饭，白大省说还是我请你吧，以后你发了财再请我。

白大省把夏欣领进了驸马胡同，从此夏欣就隔长补短地在白大省那儿吃饭。他吃着饭，对她说着他的一些计划，做生意的计划，发财的计划，拉上两个同学到与北京相邻的某省某县开化工厂的计划……他的计划时有变化，白大省却深信不疑。比方说到开化工厂缺资金，白大省甚至愿意从自己的积蓄里拿出一万块钱借给夏欣凑个数。后来夏欣没要白大省的钱，因为他忽然又不想开化工厂了。

我非常反感白大省和夏欣的交往，我不喜欢一个大老爷们儿坐在一个无辜的女人家里白吃白喝外加穷“白话”。我对白大省说夏欣可不值得你这么耽误工夫，白大省说我不如她了解夏欣，说别看夏欣现在一无所有，她看中的就是夏欣的才气。噢，夏欣居然有才气，还竟然已被白大省“看中”。我让白大省将夏欣的才气举出一二例，她想了想说，他反应特快，会徒手抓苍蝇。我问她说，你们俩现在究竟是一种什么关系呢？她说还谈不上什么关系，夏欣人很正派，有天晚上他们聊天聊到半夜，夏欣就没走，白大省在里屋睡大床，夏欣在外屋睡折叠床，两人一夜相安无事。

这样的相安无事，可以说洁如水晶，又仿佛是半死不活。是一男一女至纯的友谊呢，还是更像两个男人的哥儿们义气？白大省也许终生都不会涉足这样的分析。她渴望的，只是得到她看中的男人的爱。夏欣无疑被她看中了，她却怎么也拿不准他那一方的态度。有了郭宏和关朋羽的教训，加上我对她的毫不掩饰的警告，她是要收敛一下自己的，很可能她也假模假式地伪装过矜持。她告诫过自己吧：要慢一点慢慢的斯斯文文的；她指点过自己吧：要沉稳千万别显出焦急；她也打算像个会招引人的女人那样修饰自己吧：小玢的娇蛮、西单小六的风骚，都来上那么一点……可惜的是，理论与实践的结合总是不妥帖的时候居多。当她想慢下来的时候她却比从前更快；当她打算表演沉稳的时候她却比从前更抓耳挠腮；当她描眉打鬓、涂胭脂抹粉时，她在镜子里看见的是一个比平常的自己难看一千倍的自己。她冲着镜子“温柔”地一笑，类似这样的“温柔”并非白大省与生俱来，它就显得突兀而又夸张，于是白大省自己先就被这突兀的温柔给吓着了。

转眼之间，白大省和夏欣已经认识了大半年，就像从前对待郭宏和关朋羽一样，她又在驸马胡同给夏欣过了一次生日。白大省这人是多么容易忘却，又显得有点死心眼儿。谁也弄不清她为什么老是用这同一种方式企图深化她和男性的关系。这次和前两次一样，是她要求给夏欣过生日，夏欣是一个答应的角色，他答应了，还史无前例地对她说了一声：“你真好。”“你真好”使白大省预感到当晚的一切将至关重要，她暗中给自己设计了一个从容、懂事、不卑不亢的形象，可事到临头，她却比以往更加手忙脚乱并且喧宾夺主。没准儿正是“你真好”那三个字乱了她的手脚。那是一个星期六，她几乎花了一整天给自己选择当晚要穿的衣服。她翻箱倒柜，对比搭配。穿新的她觉得太做作；穿旧的又觉得提不起精神；穿素了怕夏欣看她老气；穿艳了又唯恐降低品位。她在衣服堆里择来择去，她摔摔打打，自己跟自己赌气。最后她痛下决心还是得出去现买。燕莎、赛特都太远无论如何去不成，最近的就是西单。她去了西单商场，选中一件黑红点儿的套头毛衣才算定住了神。她觉得这毛衣稳而不呆，闹中有静，无论是黑是红，均属打不倒的颜色。哪知回家对着镜子一穿，怎么看自己怎么像一只“花花轿”。眼看着夏欣就要驾到了，饭桌还空着呢。她脱了毛衣赶紧去开冰箱拿蛋糕，拿她头天就烹制好的素什锦，结果又撞翻了盛素什锦的饭盒，盒子扣在脚面上，脏污了她的布面新拖鞋。她这是怎么了，她想干什么？疯了似的。

好不容易餐桌上的那一套就了绪，她才发现原来自己一直戴着个胸罩在屋里乱跑。她就顺便低头看了一眼自己的胸，她总是为自己的胸部长成这样而有些难为情。不能用大或者小来形容白大省的乳房，她的乳房是轮廓模糊的那么两摊，有点拾掇不起来的样子。猛一看胸部也有起伏，再细看又仿佛什么都没有。这使她不忍细看自己，她于是又重返她那乱七八糟的衣服堆，扯出一件宽松的运动衫套在了身上。

那个晚上夏欣吃了很多蛋糕，白大省喝了很多酒。气氛本来很好，可是，喝了很多酒的白大省，她忽然打乱自己那“沉着、矜持”之预想，她忽然不甘心就维持这样的一个好气氛了。她的焦虑，她的累，她的没有着落的期盼，她的热望，她那从十岁就开始了的想要被认可的心愿，宛若噼里啪啦冒着火花的爆竹，霎时间就带着响声、带着光亮释放了出来。她开始要求夏欣说话，她使的招数简陋而又直白，有点强迫的意思。仿佛过生日的回报必是夏欣的表态，而且刻不容缓。她就没有想到，这么一来，他人并不曾受损，而她自己却已再无退路。

说点什么吧，白大省对夏欣说，总得说点什么。夏欣就说，我有一种预感，我预感到你可能是我这一生最想感谢的人。白大省追问道：还有呢？夏欣就说，真的我特感谢你。他的话说得诚恳，可不知怎么总透着点儿不吉利。白大省穷追不舍地又发问道：除了感谢你就没有别的话要说了么？夏欣愣了一会儿说，本来他不想在生日这天说太多别的，可是他早就明白白大省想要听见的是什么。本来他也想对他们的关系作个展望什么的，不是今天，可能是明天、后天……可是他又预感到今天不说就过不去今天，那么他也就顾不了许多了干脆就说了吧。这时他一反吞吐之态，开始滔滔不绝。他说他和白大省的关系不可能再有别的发展，有一件事给他留下的印象太深刻了：那天他来这儿吃晚饭，白大省烧着油锅接一个电话，那边油锅冒了烟她这边还慢条斯理地进行她的电话聊天；那边油锅着了她仍然放不下电话，结果厨房的墙熏黑了一大片，房顶也差点着了火。夏欣说他不明白为什么白大省不能告诉对方她正烧着油锅呢，本来那也不是什么重要的电话。她也可以先把煤气灶闭掉再和电话里的人聊天。可是她偏不，她偏要既烧着油锅又接着电话。夏欣说这样一种生活态度使他感觉很不舒服……白大省打断他说油锅着火那只不过是她的一时疏忽，和生活态度有什么关系啊。夏欣说好吧就算这是一时的疏忽，可我偏就受不了这样的疏忽。还有，他接着说，白大省刚跟他认识没多久就要借给他一万块钱开化工厂，万一他要是个坏人呢是想骗她的钱呢？为什么她会对出现在眼前的陌生男人这样轻信他实在不明白……

夏欣的话匣子一开竟难以止住，他历数的事实都是事实，他的感觉虽然苛刻却又没错儿。他，一个连稳定的工作都没有的男人，一个连养活自己都还费点劲的男人，一个坐在白大省家中，理直气壮地享用她提供的生日蛋糕的男人，在白大省面前居然也能指手画脚，挑鼻子挑眼。那可怜的白大省竟还执迷不悟地说：我可以改啊我可以改！

他们到底无法谈到婚姻。夏欣在这个生日之后就离开了白大省。白大省哭着，心里一急，便冲着他的背影说，你就走吧，本来我还想告诉你，驸马胡同快要拆迁了，我这两间旧房，至少能换一套三居室的单元，三居室！夏欣没有回头，聪明的男人不会在这时候回头。白大省心里更急了，便又冲着他的背影说，你就走吧，你再也找不到像我这么好的人了！你听见了没有？你再也找不到像我这么好的人了！听了这话，夏欣回头了，他回过身来对白大省说，“其实我怕的也是这个，很可能再也找不到了。”这是一句真话，不过他还是走了。白大省这叫卖自己一般的挽留只加快了夏欣的离开。他不欠她什么，既不属于说了买又不买的顾客，也不属于白拿东西不给钱的顾客，他连她的手都没碰过。

很长一段时间，白大省既不收拾饭桌也不收拾床，她和夏欣吃剩的蛋糕就那么长着霉斑摆在桌上，旁边是两只油渍麻花的脏酒杯。夏欣生日那天她翻腾出来的那些衣服也都在里屋她的床上乱糟糟地摊着，晚上下班回来她就把自己陷在衣服堆里昏睡。有一天白大鸣来驸马胡同找白大省，进门就嚷起来：“姐，你怎么啦！”

七

白大鸣对白大省当时的精神状态感到吃惊，可他并无太多的担心。他了解他的姐姐白大省，他知道他这位姐姐不会有什么真想不开的事。白大省当时的精神只给白大鸣想要开口的事情增设了一点小障碍，他本是为了驸马胡同拆迁的事而来。

白大鸣已经先于白大省结了婚，女方咪咪在一所幼儿师范教音乐，白大省是两人的介绍人。白大鸣结婚后没从家里搬出去，他和咪咪的单位都没有分房的希望，两人便打定主意住在家里，咪咪也努力和公婆搞好关系。虽然这样的居住格局使咪咪觉出了许多不自如，可现实就是这样的现实，她只好把账细算一下：以后有了孩子，孩子顺理成章得归退休的婆婆来带，她和白大鸣下班回家连饭也用不着做，想来想去还是划算的，也不能叫作自我安慰。要是没有驸马胡同拆迁的信息，白大鸣和咪咪就会在家中久住下去，咪咪已经摸索出了一套与公婆相处的经验和技巧。偏在这时驸马胡同面临着拆迁，而且信息确凿。白大省已经得到通知，像她这样的住房面积能在四环以内分到一套煤气、暖气俱全的三居室单元。一时间驸马胡同乱了，哀婉和叹息、兴奋和焦躁弥漫着所有的院落。大多数人不愿挪动，不愿离开这守了一辈子的北京城的黄金地段。九号院牙都掉光了的赵奶奶对白大省说，当了一辈子北京人，老了老了倒要把我从北京弄出去了。白大省说四环也是北京啊赵奶奶，赵奶奶说，顺义还是北京呢！

三号院的简先生也是逢人就说，人家跟我讲好了，我们家能分到一梯一户的四室两厅单元房，楼层还由着我们挑。可我院里这树呢，我的丁香树我的海棠树，我要问问他们能不能给我种到楼上去！简先生摇晃着他那一脑袋花白头发，小资本家的性子又使出来了。

白大省对驸马胡同深有感情，可她不像赵奶奶、简先生他们，她打定主意不给拆迁工作出一点难题。新的生活、敞亮的居室、现代化的卫生设备对白大省来说，比地理方位显得更重要。况且她在那时的确还想到了夏欣，想到他四处租房，和房东讨价还价的那种可怜样儿，白大省在心中不知说了多少遍呢：和我结婚吧，我现在就有房，我将来还会有更好的房！

驸马胡同的拆迁也牵动了白大鸣和咪咪的心，准确地说，最先反应过来的是咪咪。有天晚上她翻来覆去睡不着觉，就把白大鸣也叫醒说，早知道驸马胡同会这样，不如结婚时就和白大省调换一下了，让白大省搬回娘家住，她和白大鸣去住驸马胡同。这样，拆迁之后的三居室新单元自然而然便归了他们。白大鸣说现在说什么也晚了，再说咱们这样不也挺好吗？咪咪说好与不好，也由不得你说了算。敢情你是你爸妈的儿子，我可怎么说也是你们家的外人。你觉着这么住着好，你知道我费了多少心思和技巧？一家人过日子老觉着得使技巧，这本身就让人累。我就老觉着累。我做梦都想和你搬出去单过，住咱们自己的房子，按咱们自己的想法设计、布置。白大鸣说那你打算怎么办呀，咪咪说这事先不用和爸妈商量，先去找白大省说通，再返回来告诉爸妈。就算他们会犹豫一下，可他们怎么也不应该反对女儿回家住。白大鸣打断咪咪说，我可不能这么对待我姐，她都三十多岁了，老也没谈成合适的对象，咱们不能再让她舍弃一个自己的独立空间啊。咪咪说，对呀，你姐一个人还需要独立空间呢，咱们两个人不更需要独立空间么？再说，她老是那么一个人待着也挺孤独，如果搬回来和爸妈住，互相也有个照应。白大鸣被咪咪说动了心，和咪咪商量一块儿去找白大省。咪咪说，这事儿我不能出面，你得单独去说。你们姐弟俩说深了说浅了彼此都能担待，我要在场就不方便了。白大鸣觉得咪咪的话也对，但他仍然劝咪咪仔细想想再做决定。咪咪坚决不同意，她说这事儿不能慎着，得赶快。她那急迫的样子，恨不得把白大鸣从床上揪起来半夜就去找白大省。又耗了几天，白大鸣在咪咪的再三催促下去了驸马胡同。

白大鸣坐在白大省一塌糊涂的床边，屁股底下正压着她那团黑红点点的毛衣。他知道他的姐姐遭了不幸，他给她倒了一杯水。白大省喝了水，按捺不住地对白大鸣说起了夏欣。她说着，哭着，眼泪像断了线的珠子，白大鸣看着心里很难过。他想起了姐姐对他几十年如一日的疼爱，想起小时候有一次他往院子里扔了一只香蕉皮，姥姥踩上去滑了一跤，吓得他一着急，就说香蕉皮是白大省扔的。姥姥骂了白大省一整天，还让白大省花了一个晚上写了一篇检讨书。白大省一直默认着自己这个“过失”，没有揭穿也没有记恨过白大鸣对她的“诬陷”。白大鸣想着小时候的一切，实在不知道怎么把换房的事说出口。后来还是白大省提醒了他，她说大鸣你是不是有什么事来找我？

白大鸣一狠心，就把想和白大省换房的事全盘托出。白大省果然很不高兴，她说这肯定是咪咪的主意，一听就是咪咪的主意，咪咪天生就是个出这种主意的人。她说她早就后悔当初把咪咪介绍给白大鸣，让咪咪变成了他们白家的人。她质问白大鸣，问他为什么与咪咪合伙欺负她——难道没看见她现在的样子吗？还是假装不知道她从前的那些不如意。她说大鸣你真可恶真没良心你真气死我了你是不是以为我这人从来就不会生气呀你！她说你要是这么想你可就大错特错了现在我就告诉你我会生气我特会生气我气性大着呢，现在你就回家去把咪咪给我叫来，我倒要看看她当着我的面敢不敢再重复一遍你们俩合伙捏鼓出的馊主意！

白大省的语调由低到高，她前所未有地慷慨激昂滔滔不绝，她就像换了一个人似的言辞尖刻忘乎所以。她不知道什么时候白大鸣已经悄悄地走了，当她发现白大鸣不见之后，才慢慢使自己安静下来。白大鸣的悄然离去使白大省一阵阵地心惊肉跳，有那么一会儿她觉得他不仅从驸马胡同消失了，他甚至可能从地球上消失了。可他究竟犯了什么错误呢她的亲弟弟！他生下来不长时间就得了百日咳；两岁的时候让一粒榆皮豆卡住嗓子差点憋死；三岁他就做了小肠疝气手术；五岁那年秋天他掉进院里那口干井摔得头破血流；七岁他得过脑膜炎；十岁他摔在教室门口的台阶上磕掉了门牙……可怜的大鸣！为什么这些倒霉事儿都让他碰上了呢，从来没碰上过这些倒霉事儿的白大省为什么就不能让她无比疼爱的弟弟住上自己乐意住的新房呢。白大省越想越觉得自己对不住白大鸣，她是在欺负他是在往绝路上逼他。她必须立刻出去找他，找到他告诉他换房的事不算什么大事，她愿意换给他们，她愿意搬回家去与父母同住……

她在白大鸣的单位找到了白大鸣，宣布了她的决定。想到数落咪咪的那些话她也觉得不好意思，就又给咪咪打电话，重复了一遍她愿意和他们换房的决定。她好言好语，柔声细气，把本来是他们求她的事，一下子变成了她在央告他们，甚至他们答复起来若稍有犹豫，她心里都会久久地不安。

她献出了自己的房子，驸马胡同拆迁之日，也就是她回到父母身边之时。这念头本该伴随着阵阵凄楚的，白大省心中却常常升起一股莫名的柔情。每天每天，她走在胡同里都能想起很多往事，从小到大，在这里发生的她和一些“男朋友”的故事。她很想在这胡同消失之前好好清静那么一阵，谁也不见，就她一个人和这两间旧房。谁敲门她也不理，下班回家她连灯也不开，她悄悄地摸黑进门，进了门摸黑做一切该做的事，让所有的人都认为屋里其实没人。有一天，当她又打着这样的主意走到家门口时，一个男人怀抱着一个孩子正站在门口等她。是郭宏。

郭宏打碎了白大省谁也不见的预想，他已经看见了她，她又怎么能假装屋里没人？她把他让进了门，还从冰箱里给他拿了一听饮料。

这么多年白大省一直没有见过郭宏，但是她知道他的情况。他没去成日本，因为那个日本女生忽然改变主意不和他结婚了。可他也没回大连，他决意要在北京立足。后来，工作和老婆他都在北京找到了，他在一家美容杂志社谋到了编辑的职务，结婚几年之后，老婆为他生了一个女儿。郭宏的老婆是一家翻译公司的翻译，生了女儿之后不久，有个机会随一个企业考察团去英国，她便一去不复返了，连孩子也扔给了郭宏。这梦一样的一场婚姻，使郭宏常常觉得不真实。如果没有怀里这活生生的女儿，郭宏也许还可以干脆假装这婚姻就是大梦一场，一切都可以重新开始，作为一个男人他还算不上太老。可女儿就在怀里，她两岁不到，已经认识她的父亲，她吃喝拉撒处处要人管，她是个活人不是梦。

此时此刻郭宏坐在白大省的沙发上喝着饮料，让半睡的女儿就躺在他的身边。他对白大省说，你都看见了，我的现状。白大省说，我都看见了，你的现状。郭宏说我知道你还是一个人呢。白大省说那又怎么样。郭宏说我要和你结婚，而且你不能拒绝我，我知道你也不会拒绝我。说完他就跪在了白大省眼前，有点像恳求，又有点像威胁。

这是千载难逢的一个场面，一个仪表堂堂的大男人就跪在你的面前求你。渴望结婚多年了的白大省可以把自己想象成骄傲的公主，有那么一瞬间，她心中也真的闪过一丝丝小的得意，一丝丝小的得胜，一丝丝小的快慰，一丝丝小的晕眩。纵然郭宏这“跪”中除却结婚的渴望还混杂着难以言说的诸多成分，那也足够白大省陶醉一阵。从没有男人这样待她，这样的被对待也恐怕是她一生所能碰到的绝无仅有的一回。一时间她有点糊涂，有点思路不清。她低头看着跪在地上的郭宏，她闻见了他头发的气味，当他们是大学同学时她就熟悉的那么一种气味。这气味使此刻的一切显得既近切又遥远，她无法马上作答，只一个劲儿地问着：为什么呢这是为什么？

跪着的郭宏扬起头对白大省说，就因为你宽厚善良，就因为你纯、你好。从前我没见过、今后也不可能再遇见你这样一种人了你明白么。

白大省点着头忽然一阵阵心酸。也许她是存心要在这晕眩的时刻，听见一个男人向她诉说她是一个多么美丽的女人，多么难以让他忘怀的女人，就像很多男性对西单小六、对小玢、对白大省四周很多女孩子表述过的那样，就像我的丈夫王永将我小心地拥在怀中，贪婪地亲着我的后脖颈向我表述过的那样。可是这跪着的男人没对白大省这么说，而她终于又听见了几乎所有认识她的男人都对她说过的话，那便是他们的心目中的她。就为了这个她不快活，一种遭受了不公平待遇的情绪尖锐地刺伤着她的心。她带着怨愤，带着绝望，带着启发诱导对跪着的男人说，就为这些么！你就不能说我点别的么你！

跪着的男人说，我说出来的都是我真心想说的啊，你实在是一个好人……我生活了这么些年好不容易才悟透这一点……白大省打断他说，可是你不明白，我现在成为的这种“好人”从来就不是我想成为的那种人！

跪着的男人仍然跪着，他只是显得有些困惑。于是白大省又说，你怎么还不明白呀，我现在成为的这种“好人”根本就不是我想成为的那种人！

跪着的男人说，你说什么笑话呀白大省，难道你以为你还能变成另外一种人么？你不可能，你永远也不可能。

永远有多远？！白大省叫喊起来。

我坐在“世都”二楼的咖啡厅等来了我的表妹白大省。我为她要了一杯冰可可，我说，我知道你还想跟我继续讨论郭宏的事，实话跟你说吧这事很没意思，你别再犹豫了你不能跟他结婚。白大省说，约你见面真是想再跟你说说郭宏，可你以为我还像从前那么傻吗？哼，我才没那么傻呢，我再也不会那么傻了。噢，他想不要我了就把我一脚踢开，转了一大圈，最后怀抱着一个跟别人生的孩子又回到我这儿来了，没门儿！就算他给我跪下了，那也没门儿！

我惊奇白大省的“觉悟”，生怕她心一软再变卦，就又加把劲儿说，我知道你不傻，人都会慢慢成熟的。本来事情也不那么简单，别说你不同意，就是你同意，姨父姨妈那边怎么交代？再说，你把自己的房都给了大鸣，就算你真和郭宏结婚，姨父姨妈能让你们——再加上那个孩子在家里住？白大省说，别说我们家不让住，郭宏他们一直住他大姨子的房，他大姨子现在都不让他们爷儿俩住。所以，我才不搭理他呢。我说，关键是他不值得你搭理。白大省说，这种人我一辈子也不想再搭理。我说，你的一辈子还长着呢。白大省说，所以我要变一个人。她说着，咕咚咕咚将冰可可一饮而尽，让我陪她去买化妆品。她说她要换牌子了，从前一直用“欧珀莱”，她想换“Dior”或者“倩碧”，可是价格太贵，没准儿她一狠心，从今往后只用婴儿奶液，大影星索菲娅·罗兰不是声称她只用婴儿奶液么。

我和白大省把“世都”的每一层都转了个遍，在女装部，她一反常态地总是揪住那些很不适合她的衣服不放：大花的，或者透得厉害的，或者弹力紧身的。我不断地制止她，可她却显得固执而又急躁，不仅不听劝，还和我吵。我也和她吵起来，我说你看上的这些衣服我一件也看不上。白大省说为什么我看上的你偏要看不上？我说因为你穿着不得体。白大省说怎么不得体难道我连自己做主买一件衣服的权利也没有啊。我说可是你得记住，这类衣服对你永远也不合适。白大省说什么叫永远也不合适什么叫永远？你说说什么叫永远？永远到底有多远！

我就在这时闭了嘴，因为我有一种预感，我预感到一切并不像我以为的那么简单。果然，第二天中午我就接到白大省一个电话，她告诉我她是在办公室打电话，现在办公室正好没人。她让我猜她昨晚回家之后在沙发缝里发现了什么，她说她在沙发缝里发现了一块皱皱巴巴、脏里吧叽的小花手绢，肯定是前两天郭宏抱着孩子来找她时丢的，肯定是郭宏那个孩子的手绢。她说那块小脏手绢让她难受了半天，手绢上都是馊奶味儿，她把它给洗干净了，一边洗，一边可怜那个孩子。她对我说郭宏他们爷儿俩过的是什么日子啊，孩子怎么连块干净手绢都没有。她说她不能这样对待郭宏，郭宏他太可怜了太可怜了……白大省一连说了好多个可怜，她说想来想去，她还是不能拒绝郭宏。我提醒她说别忘了你已经拒绝了他，白大省说所以我的良心会永远不安。我问她说，永远有多远？

电话里的白大省怔了一怔，接着她说，她不知道永远有多远，不过她可能是永远也变不成她一生都想变成的那种人了，原来那也是不容易的，似乎比和郭宏结婚更难。

那么，白大省终于要和郭宏结婚了。我不想在电话里和她争吵或者再规劝她，我只是对她说，这个结果，其实我早该知道。

这个晚上，我和我丈夫王永在长安街上走路，他是专门从 B 城开车来北京接我回家的。我从来也没有像今天这样渴望见到王永，我对我丈夫心存无限的怜爱和柔情。我要把我的头放在他宽厚沉实的肩膀上告诉他“我要永远永远待你好”。我们把车存在民族饭店的停车场，驸马胡同就在民族饭店的斜对面。我们走进驸马胡同，又从胡同出来走上长安街。我们没去打搅白大省。我没有由头地对王永说，你会永远对我好吧？王永牵着我的手说我会永远永远疼你。我说永远有多远呢？王永说你怎么了？我对王永说驸马胡同快拆了，我对王永说白大省要和郭宏结婚了，我对王永说她把房也换给白大鸣了，我还想对王永说，这个后脑勺上永远沾着一块蛋黄洗发膏的白大省，这个站在水龙头跟前给一个不相识的小女孩洗着脏手绢的白大省是多么不可救药。

就为了她的不可救药，我永远恨她。永远有多远？

就为了她的不可救药，我永远爱她。永远有多远？

就为了这恨和爱，即使北京的胡同都已拆平，我也永远会是北京一名忠实的观众。

啊，永远有多远啊。

《十月》1999年第1期

名家点评

小说明写的是白大省的“仁义”，内里却写着一个女孩子无法成为与众不同的另类女孩的困惑，她的内心一直有一个另类的“她者”。她只能（或不得不）做着她的善良本色。这是她的本性，也是她被社会、她的家庭伦理规训好的角色。

尽管小说并没有更多的笔墨描写白大省想成为另一类女性的内心渴望，只是对“我”的倾诉中的一次流露，但小说却相当充分地描写了西单小六的形象，这个与白大省截然不同的女性，在小说中写得异常生动。那是一个自由得要超出社会常规约束的女性，她就是那个时期的女性的另类“她者”。她少女时代就离经叛道，她以魅惑男性为乐且让女孩们羡慕，她的形象寄寓了女性对身体自由的爱欲乌托邦的想象。渴望超出自我，而自我的束缚又是如此深重，这是铁凝书写的最富有内在性的女性心理矛盾，也揭示了更为复杂而又隐秘的女性内心世界。

北京大学中文系教授　陈晓明

《永远有多远》以一个胡同里长大的女性的情感故事，来呈现北京精神的全部内涵，这一叙述结构及其象征性表达是相当清晰的。白大省的故事并非仅仅是一个女性的故事，而同时是北京的故事。她的“仁义”，她的“傻里傻气的纯洁和正派”，她的实在和“小心眼不多”，她的“笨拙而又强烈之至”的感情，也正是北京胡同的品性。颇有意味的是，小说将这种品质呈现于白大省与异性的婚恋关系当中，以她的“忘我的、为他人付出的、让人有点心酸的低标准”，来显示一种被漠视和遭鄙弃的北京城市的文化品格。

北京大学中文系教授　贺佳梅

铁凝创作谈：

我本人在面对女性题材时，一直力求摆脱纯粹女性的目光。我渴望获得一种双向视角或者叫作“第三性”视角，这样的视角有助于我更准确地把握女性真实的生存境况。在中国，并非大多数女性都有解放自己的明确概念，真正奴役和压抑女性心灵的往往也不是男性。恰是女性自身。当你落笔女性，只有跳出性别赋予的天然的自赏心态，女性的本相和光彩才会更加可靠，进而你也才有可能对人性、人的欲望和人的本质展开深层的挖掘。

铁凝《玫瑰门·写在卷首》

长篇

玫瑰门（节选）

第十三章

56

苏眉在响勺胡同里走，眼前闪过那些关着的开着的院门。关着的、开着的门都仿佛是一些说话说累了不愿再说的嘴，那些年门的话说得也太多了。门不愿说了，胡同里显得很寂静。苏眉觉得眼下的寂静有点怡然自得，她走得也有点怡然自得。

她本是带着小时候的印象走进这里的，那时胡同在她心中长远而又高深。现在她觉得原来它并不那么高深，墙很矮路也很短，以至于还没开始走就走到了“勺头”，眼前是那个堂皇的大黑门。黑门大开着，门上有牌子，写着区政协委员会。

她走过了，还得往回走。

婆婆的院门没开也没关，门虚掩着，她一推就进了院。她看见迎门那棵老枣树一点也没有变，那粗糙的树皮、黝黑的树干，那枝杈的交错方向如同十几年前一样。仿佛枣树的不变就是在等眉眉的归来，树愿意把从前的自己留给眉眉。

枣树的不变使苏眉觉得是她冷淡了枣树，原来枣树对她依然忠诚。一瞬间这使她忘记自己来这儿的初衷：她本是带着几分恶意的炫耀而来，带着几分超越自己的荣耀而来。

铅丝上的孩子的围嘴、罩衫才使她的处境具体化了。原来这院子这枣树毕竟有了变化，这里又跑跳着一代新人。

后来南屋门开了，婆婆拿着一把剪子站在门口：“是谁在那儿？”她冲着苏眉问，语气很果敢，俨然一种院子主人的口吻。

“是我。”苏眉转过身来。

婆婆并不像胡同的变和枣树的不变给予苏眉的印象那样，在苏眉眼里婆婆似乎变了又似乎没变。她的腰背依然挺直，面色依然很好，目光依然锐利，反应依然灵敏。头上少不了要多些白发，白发混杂在黑发里倒显出黑和白的交相辉映。黑和白在婆婆头上似乎都不能少，少了哪种都不尽得体。她手中的剪刀使苏眉想起小时候婆婆是怎样教她递给别人剪刀的。婆婆告诉她递给别人剪子时要把尖攥在自己手中，将剪子尖伸向别人不文雅不礼貌而且还带着杀气。眉眉觉得婆婆的道理再合适不过，但当她递给别人剪刀时还是故意将尖指向对方，尤其不忘指向婆婆。她要在这种不正确的姿势里去体味“杀气”观察剪子尖会带给婆婆什么表情。婆婆质问她是不是有意捣乱，她便一言不发。她把在必要时候的一言不发一直延续到长大成人。在大学、在单位，苏眉发言也要看必要不必要。在她认为那些不必要的时刻，别人让她发言请她发言，她只是淡淡一笑。这叫什么？笑而不答。笑而不答是因为眼前总有一把剪刀。

没有比笑而不答更能激怒对方了。

那时婆婆从眉眉手中夺过剪子再给她做示范，甚至把剪子强硬地往她手里塞。她接过剪刀，想着下次那姿势的再次不正确。

现在她看着手拿剪刀站在台阶上的婆婆，恍若回到了十几年前。她觉得十几年来婆婆就一直手拿剪刀站在台阶上没动过地方。与从前不同的是，眉眉不再有为拿剪刀而和婆婆抗衡的愿望了，她觉得婆婆与她早已不是一个量级。一把剪刀就是一把剪刀，它什么也代表不了，也没有什么文雅和杀气而言，它铰东西。

苏眉的目光顺着婆婆的剪刀一直扫到婆婆的小腿，她发现婆婆的小腿还是向后绷。她觉得自己也正绷着小腿站在婆婆对面。她想这才是两个人不可逃脱的抗衡，她想起苏玮跟她吵架吵到最高潮时便说："你知道你像谁吗？还不对着镜子照照你的腿！"那时苏眉一言不发，只想有朝一日为这腿面向着婆婆把苏玮对她的"仇"喷发出来。

司猗纹认出了眉眉，先是有点惊慌，很快就掉下眼泪。

苏眉觉得婆婆这次的眼泪一点也不虚假，那是意外是惊喜也许还有几分内疚。

司猗纹抽泣着把苏眉让进屋，说："我这都是高兴的。"她抬眼观察苏眉希望苏眉的眼睛至少也该有点湿润，但苏眉的眼睛没有湿润，她正在打量她住过的这间房子：她的床还在，但已是一张久无人睡的床。床头堆着东西，床上铺着凉席，凉席上摊着一块黑颜色衣料，这使眉眉为婆婆手中的剪刀找到了出处。

司猗纹发现苏眉看见了那衣料，便由此谈起来。她说床上的料子是块超薄型“澳毛”，她准备做条黑裙子，西式后开气儿。她的打算使苏眉想到了她的年龄，她想司猗纹大约七十四岁了。七十多岁了还适合吗？至少腿不再光润了。

司猗纹嘴里谈着料子，眼光一直落在苏眉身上。她所以谈论衣料是因为此刻没有比谈论衣料更自然更无关痛痒的话题。她心中暗自赞叹着出落成年的苏眉，成年的苏眉不仅使她想起自己的青春年华，还使她觉得与自己的青春相比，现在苏眉的青春才是真正属于苏眉的。她那紧包着臀部的牛仔裤，那宽松的针织衫都证明了这一点。没有谁会去干预这紧包着臀的牛仔裤为什么是前开口，这个细节于社会于苏眉都是最具自由色彩的象征。这点象征似乎使司猗纹也一下子加入了苏眉们的行列，这寂寥的黄昏活跃起来。

黄昏了，她望着苏眉那越来越模糊的轮廓说：“咱们去吃饭吧，去同春园吃炒鳝丝。”

在苏眉听来，婆婆的话有几分豪爽，有几分讨好，又有几分恳求，还有几分炫耀。就因了这诸种成分兼有的邀请，苏眉很恼火。她不表态，只沉默着。她想原来婆婆又开始买着吃了。“买着吃”又将她拉回了她们初次见面的那个时刻：“个儿倒是不矮，就是瘦。”婆婆的话在耳边响起来。

苏眉拒绝了婆婆的邀请，推托晚上有事。她熟练地找到墙上的灯绳把灯打开，南屋一下子亮起来。她仍旧记得灯亮就得拉窗帘，她拉上了窗帘。她从书包里掏出两袋广式香肠和一包几乎是婆婆的传统食品的叉烧肉放在饭桌上说：“您留着吃吧。”

她看见婆婆惊喜而又畏缩的眼光，心想目的已经达到，也该是告辞的时候了。她背着空书包离开了响勺胡同。

司猗纹没再强留苏眉，她只觉出几分遗憾。她不是为苏眉不吃她的炒鳝丝而遗憾，她是想，要来为什么偏偏选个黄昏？为什么不让更多的人看见眉眉的归来？在大门口，她高声喊着眉眉，告诉她要常来。她想用这喊来弥补一下眉眉归来的缺欠。

叉烧肉很快就被司猗纹吃光了，那两袋广式香肠却被她长久地摆在桌上。她想，也是罗大妈该交房租的日子了。

罗大妈又来了，把手中的票子摊在桌上。司猗纹心不在焉地把钱推到一边，顺手也动了动那两袋香肠。

罗大妈早就看见了那两个塑料袋，或许她已猜出那是眉眉那天带来的。但罗大妈故意不提不问，司猗纹不得不自己开口了。

“没看见那天眉眉来吧？”司猗纹问罗大妈。

罗大妈显出有一搭无一搭地只是摇头。其实她看见了，看见她们在南屋门口脸对脸地站着。她还听见司猗纹送眉眉要眉眉常来的喊声。但她对哪个情节也不加证实，这不得不使司猗纹把眉眉做一番描述，重点不是她的归来是她的事业。

“眉眉来了，还打听您哪。”司猗纹说，“她现在是艺术家，就像当年的徐悲鸿，知道吧？国画、西画都画。他比刘海粟小几岁，都在国外留过学。刘海粟那时候还提倡过画裸体模特儿，也就是男女不穿衣服让人画。先前《良友画报》净登。军阀孙传芳不是还干涉过？封建。几千年的封建接受不了模特儿。现在好了，眉眉她们的画展上都有‘模特儿’画儿，站着的坐着的躺着的什么姿势都有。眉眉也画静物、花卉，画什么像什么，栩栩如生，就跟活的一样。这次的画展结束了，再办，我请您去光临指导。欣赏艺术也是人生的一大乐趣。”

“眉眉没吃了饭再走啊？”罗大妈说。

司猗纹对罗大妈大谈眉眉的艺术，罗大妈却用了个“吃”来大煞了一下司猗纹的“风景”。有必要煞一下，罗大妈想。

“该叫孩子吃了饭再走，大老远来看您。”她提醒着司猗纹，走了出去。

有时一句话的分量就在于它普通。

罗大妈一句话的分量几乎使司猗纹背过气去，但她还是暗暗责怪了自己那番对牛弹琴。直到她看见床上那块黑料子，心情才渐渐平静下来。一块黑料子也许就是她生活中的一个新领域，她为什么不让它属于画家苏眉呢？此时让料子属于苏眉，就像前些年她接待外调者时让那个死去的国民党军官去台湾一样重要。

她开始按照她对眉眉身材的估量剪裁、缝制裙子。虽然她出的样式并不现代，但她相信衣服就像人生，万变不离其宗。不就是肥了瘦瘦了肥，长了短短了长么。只有不肥不瘦不长不短才是衣服的永恒。而谈到颜色，只有黑、白永远不会过时，永远是颜色中的佼佼者。她凭着自己的分寸感，用当年为大、二旗赶制裤子的速度把裙子赶制出来，然后她给眉眉打了个电话。在电话里她先不提裙子，她尽可能像长辈对孩子说话那样让眉眉抽空儿回来一趟，她有重要的事要告诉她。

苏眉放下电话感叹着：一个追上来的婆婆，一个穷追不舍的婆婆。她相信响勺胡同不会有她的重要事，她也不愿给婆婆提供一个“追上来”的机会，可她还是去了，就算是路过吧。

司猗纹把那条黑裙子亮给苏眉，还在叠得四方四正的裙子上系了条红缎带。红使得黑更黑，黑使得红更红。

“我给你做了条裙子。”司猗纹说，“臀围腰围都没量，也不知合适不合适。”她观察着苏眉对裙子的反应。

苏眉接过来正犹豫着，司猗纹却已让她打开试穿了。

苏眉打开裙子，穿上。司猗纹心满意足地欣赏起它和她，眯着眼说：“我这眼就是尺。”她满意自己的手艺，更满意苏眉对这裙子表现出的兴趣。

“合适，挺合适的。”苏眉说，“黑裙子最好配衣服。”她觉得要肯定就该肯定得具体点，这肯定才更加可信。

“也得看谁穿。”司猗纹来了情绪，“样子再新，手工再细，有人穿上就不是个样儿。街上那么多人，挑不出几个来。”

司猗纹一语双关，即：挑不出眉眉的身材，也挑不出司猗纹的手艺。她由穿衣服风度拐到罗家，由罗家又说到北屋，又由北屋说——“跟你说吧眉眉，将来罗家搬出去，北屋就是你的。你可以布置一间画室，想图清静就来北京家里作画。也许你还得把房子重新设计、改造一下，装地板、开天窗（不知她从哪儿得知画室需要天窗）。你还可以不出门在院里举办个人画展把画都挂在廊子上。让宝妹给你把门儿，我替你应酬客人。谁会料到世道总是变来变去，要不然我怎么能给你腾出房子当画室。”

如果说开始苏眉只把司猗纹的话当笑话听，那么渐渐地她便涌起一种朦胧的怀旧心绪。对于“响勺画家”她倒没有多想，她想的是雨后的清晨那满院子硬木家具，为了把它们交出去，她是怎样跟婆婆一起认真地擦拭家具上的泥点。在一堆家具中她最欣赏的是那张写字台，画室里要是再有了那张写字台……苏眉莫名其妙地受了鼓动。

或许司猗纹看出了苏眉此刻的心情，还坚持要领她去参观“勺头”那个阔大的宅院。这时苏眉才知道那院子当年是属于司家的。

司猗纹领苏眉理直气壮地往前走。

传达室一位老师傅出来拦住了她们。

“您二位找谁？”

“不找谁。”司猗纹说。

“那……您一定有什么事儿。要不先去办公室？”老师傅说。

“不用。”司猗纹不看这师傅，只朝院子深处看。

“那您……”老师傅极其认真。

“噢，我们是回来看看。”司猗纹在这句话里用了个“回来”，这是一种暗示，又是一种明说。

谁不懂“回来”？老师傅恭敬地把她们让进院子便退回传达室。

她们登上太湖石，看了池塘，看了睡莲，看了花厅。转过花厅又看了书房，卧房，然后是跨院。经过整修的院落比过去还要辉煌，檐下发放着新油漆味儿。最后她们在中庭的游廊上坐下。司猗纹说你看藤萝还在，那根肯定还是老根。还说从前那个刁姑娘就是不喜欢藤萝，看见藤萝就说心里烦。后来刁姑娘开始养米兰，因为她有狐臭，不过米兰也遮不过她的味儿……后来司猗纹就抑制不住地对苏眉讲起她的初恋。“当然，”她说，“那不是在这儿，是在南方，可现在他在北京。你知道他是谁吗？”然后她显出一往情深地把他的姓名说给了苏眉，告诉苏眉他就是马小思的公公。

苏眉眼前立刻出现了那个谢了顶的小老头和他欣赏的那部质量平平的电影。她悟出了他要求“定格”的画面上那个姑娘像谁，像婆婆——像苏眉。

苏眉觉得这一切太像故事了，太像故事倒显得有点不真实了。虽然人、事俱在可她总觉得这故事又是婆婆编出来的，然而这编造里毕竟有几分伤感。当她想到人间的故事总是凄凉的居多时，才又觉出这故事的几分真实。

司猗纹并没有觉出这故事有多么凄凉，她率领她的参观，她对自己的回忆，是要证明和弥补在她学蒸窝头的夜间里想对眉眉说的话。现在这一切的一切终于都证实了她不是一个只会在夜间偷吃点心的人，她也不仅仅做过出卖姨婆的证明。她有过自己辉煌的一切，有过自己那池水般的清澈，那睡莲般的纯洁。

司猗纹心情很好，她完成了一桩夙愿。

苏眉本想再问婆婆点什么，并且就要告诉婆婆她就见过她年轻时的情人，现在他谢了顶爱看电影，爱看电影里一个人。但她不愿意再跟司猗纹节外生枝，她暂时隐瞒了这一切。

苏眉还是带着漠然离开了响勺胡同，什么也不能把她纳入婆婆的生活，她也无法把自己纳入婆婆的生活，尽管她穿了那条剪裁合身的黑裙子，她看见了该看的一切听见了该听的一切。年轻人都懂“不穿白不穿”“不看白不看”这个道理。

名家点评

《玫瑰门》展现了一个女性情境，眉眉对青春玫瑰门的穿越发生在一个特定的年代，发生在一个女人的“世界”之中。婆婆司猗纹、舅妈竹西、姑婆“姑爸”（还应有玩伴马小思、妹妹苏玮）成为环绕着眉眉的女性的镜象序列，构成了铁凝对女性的历史境遇、历史与现实可能性的探查。眉眉正是在这些镜象的迷恋、恐惧、认同、逃离与憎恶中开始了她作为一个女人的生命历程。其中，竹西作为一个令眉眉迷恋、进而迷惑的女人，在叙境中被铁凝渐次呈现为一个“女冈茨”式的流浪者，她是母亲，但这并不能使她结束心灵的流浪。而在“姑爸”和司猗纹身上，铁凝再度表现了令人震惊的洞察、冷峻和她对女性命运深刻的内省与质询。

北京大学中文系教授　戴锦华

铁凝的《玫瑰门》，借由个人与时代、个人与个人之间的隐秘斗争，深刻地写出了三代女性在一个荒谬年代里的命运脉络。由于个人与时代总是处于错位之中，所以《玫瑰门》显露出了复杂的面貌——这是铁凝之前的小说所未曾有过的。《玫瑰门》之前，铁凝的小说以清新、质朴、善良的风格著称，到《玫瑰门》，竟然出现了铁条插进姑爸的下体、生吃大黄猫等残酷的场景，还有姨婆身上触目惊心的疤痕……这些残酷话语的出现，一些人为此不解，一些人则为铁凝丢失了早年的清新而惋惜，但铁凝却认为，自己的变化中一直有一个“不变的核心”：“我创作前后有着贯穿不变的核心——那就是我作为一个作者，对人类对生活永远的善意、爱和体贴。所以我说，作家的变与不变是相对的，既要有勇气打倒自己，也要有勇气固执地捍卫一些东西。”

中山大学中文系教授　谢有顺

铁凝创作谈：

在她（尹小跳）身上我是有所保留的。比如她对朋友的态度，对爱的态度都还不彻底，她很怕毁坏自己的完美形象，她的忏悔也是想要卸掉灵魂里一些复杂的东西，所以有很大的局限性，还要继续反省，我对这个人物是有挑剔感的。但我想通过她唤起的是更多正面的东西。她有这种自觉反省的意识已经是很不容易了，至少比其他的人要真诚，所以她还是体现了我理想的一部分。

赵艳、铁凝《对人类的体贴和爱——铁凝访谈录》

《小说评论》2004年第1期

长篇

大浴女（节选）

第六章　尹小帆

32

有这样一些人，他们注定是要离开自己的土地，和异族人生活在一起的。好比尹小帆，当她念高中的时候，尹小跳问她将来的打算，她就毫不犹豫地说：出国。

她有一种极为特殊的语言天才和极好的记忆力，小学时她就能满含感情、稍显戏剧性地朗读中级英语教材里那篇著名的《卖火柴的小女孩》，并和母亲章妩用英文做些天气啊，饮食啊，讲卫生啊之类的交流。在公园里一看见外国人她就兴奋，就自愿用她那点儿幼稚的英语给人家义务导游。后来她去北京读外语学院，一些外国同学闲聊时经常问她：你是哪一年回到中国的？

你是哪一年回到中国的？

她的英语水准使人误以为她是在异邦的英语环境中成长的，那时她就故意明明白白地告诉他们：我哪儿也没去过哪儿也没去过，我的英语就是在中国学的。后来她认识了美国人戴维，就跟戴维去了美国。

尹小跳对她说你还打算回来吗？她说我不会回来的，我的生活比你们要好得多。再说，还有戴维。她很自负，也许她有自负的资本：她有美国丈夫戴维；她操一口略带欧洲味儿的娴熟英语——甚至她还时不时地给戴维纠正英语语法；她在上高中时英文打字就考了 B 级；至于考“托福”，她简直就不觉得有什么困难。她不是那些出了国门就畏缩惶惑张不开嘴的中国人，她张得开嘴，她不憷和异邦人说话。

如果你在地球的任何一个角落旅行都能开口说话，你马上就会像个生活的胜利者。尹小帆无时无刻不想胜利，年纪轻轻的尹小帆，就是为了对得起她这满口漂亮的英语她也得出国。美国似乎有很多很多好东西在等着她呢，比中国多，比中国多得多。中国有什么？自然是有她的亲人，但在她当时的年龄，她对儿女情长是不那么看重的。小时候她看重她的姐姐尹小跳，她崇拜她热爱她，受了委屈第一个要告诉的就是她。她们同甘共苦，她们还有……还有那世人所不知的永远罪恶的小秘密。尹小帆从不怀疑她的记忆力，她记住的都是曾经发生过的。设计院小马路上那口敞着盖子的污水井，那扬起双臂扑进井中的尹小荃，她和尹小跳手拉手地站在她的后边，她们那不同寻常的拉手：冰凉潮湿的、抽筋一般的……不是她拉尹小跳的手，是尹小跳拉住了她。她在心里反反复复地强调：不是她拉尹小跳而是尹小跳拉住了她，她是被动的，被“拉”就是被阻止。二十多年过去尹小跳那个时刻用在她手上的力量一直凝固在她手上。她怕不是因为这个才要离开中国的吧，这一切一切她从来也不愿意细想。那年她才七岁，在她那颗小小的心里，就已经有了要做一个特别好的好孩子的愿望。污水井、尹小荃、她们姐妹的拉手……她们那报仇雪恨、清除异己般的姿势，一切的一切都使她想要做一个优秀的好孩子，最好的孩子。似乎只有这样，才能配得上那个生来就让她不快的令她嫉妒的孩子的死。

她一边要做好孩子，一边也对尹小跳提出了很高的要求。她不再一味地热爱她的姐姐崇拜她的姐姐，心底里布上了一块抹不去的阴影，她这位姐姐就不再可能赢得她无条件的服从。反过来她加倍地渴望尹小跳爱她宠她，她要从所有的方面证明，她尹小帆是这个家庭里最值得重视的生命。她们之间公开的第一次不快是从一件短风衣开始的。那时她在北京外语学院念书，尹小跳去北京出差约稿，打电话约了她从学校出来见面。她们一见面就迫不及待地去冷饮店喝酸奶，她们对酸奶有一种共同的疯狂的热爱。那时候美国的“卡夫”“和路雪”什么的乳制品冷饮系列还没有打进中国，北京酸奶都是盛在一种又厚又笨的白陶瓷瓶子里，瓶口用涂了蜡膜的薄纸蒙住，薄纸周边勒着纸绳粗细的橡皮筋儿。吃时拿吸管捅破薄纸，然后“嗞嗞嗞”地猛嘬，香着呢。尹小跳请尹小帆喝酸奶，并把在上海开会时买给尹小帆的薄呢短裙拿给尹小帆。她愿意给尹小帆买衣服，走到哪里她都忘不了。但是那天尹小帆注意的却不是薄呢短裙而是尹小跳身上的短风衣。她说姐，你这件风衣可不错，我喜欢。

尹小跳说是啊是不错，我也喜欢。尹小帆说你给我也买一件吧。尹小跳说这是国外带回来的。尹小帆说谁带回来的？尹小跳说方兢。尹小帆说你的意思是说国内没卖的？尹小跳说可能没卖的。尹小帆说那我喜欢怎么办呢？尹小跳说你等着，等我看到类似的我会给你买的。尹小帆说其实你可以先把这件给我，以后看见类似的你再买。

尹小跳没有想到尹小帆会这么说话，她这么直白地要求尹小跳把身上的短风衣立刻脱下来给她，弄得尹小跳很尴尬。她可以给她的妹妹很多很多东西，但她不想把这件短风衣给她，不单单因为这是国外带回来的，也不单单因为是方兢的赠送，她只是觉得尹小帆这种讨要的方式让她陌生，有种心惊肉跳的感觉。她一时无法作答，她们僵在那里。尹小帆又说姐，你喜欢我吗？尹小跳说我喜欢你，你知道我喜欢你。尹小帆说你喜欢我就应该把我喜欢的东西给我。尹小跳说你是这么看待喜欢的吗？尹小帆说我是。尹小跳说我不这么看。尹小帆说那你是不打算把风衣给我了？尹小跳说我想我不能给你。

这差不多是尹小跳第一次对尹小帆说“不”，她说得很快，却并不含混；心里别扭着，却弄不清是哪里出了问题。

也许是她错了吧，为什么她就是不能把尹小帆喜欢的东西给尹小帆呢。她不能。

尹小帆的情绪当然就明显地黯淡下来，她从来也不掩饰她的坏情绪。她们坐在这里守着几个空酸奶瓶子，还能说些什么呢？转移话题是调整情绪的一个办法，可她们甚至无法转移话题，因为她们是姐妹，她们深明彼此。转移话题那是外人之间的方式，她们用起来就太假了。她们互相不看地愣了一会儿，尹小帆看看表说我该走了。尹小跳说拿着你的裙子。尹小帆勉强地拿起了塑料袋里的新呢裙，用很随便的手势胡乱将它塞进书包，就像以此告诉尹小跳，一条裙子是打发不了我的，裙子和风衣怎么也不能相互抵消。

有些往事是不能提及的，在亲人之间，不能提及的东西其实是很多的，比如风衣的往事。它完全不像另外一些事情那样随时可说，让人开怀。当家里人说起尹小帆超常的模仿能力时，总会记起她学一个有点儿缩脖的亲戚说话，她缩起小脖子，还没开口就把脖子扭了，俗话说的“落枕”，她的脖子“落了枕”，两天没上学，让尹小跳给她用烤热的擀面棍擀脖子。她学着福安口音说，“给我一把擀面柜（棍）。”福安人把“棍子”说成“柜子”就是她的发现。这就是那种随时可提的往事，它是一个中国孩子平凡热闹，根底结实的出处。即使当尹小帆成为美国公民之后，当她屡屡和尹小跳发生不快之后，类似这样的少年往事一旦被提及，她那颗既硬冷又软弱的心也会陡然一热。

也仅仅是陡然一热。热起来没个完就不像是美国公民的风格。尹小帆学习做美国公民已经逐渐地到位了：喝凉水，上班时大量吞咽咖啡，饭后使用蘸了薄荷的牙线，可口可乐加大量的冰，每天清晨洗热水澡，衬衫只穿一次就洗，很少吃猪肉，为避免油烟坚持不在厨房炒菜，开车（倒车尤其熟练），定期看牙医，服用维生素，床上绝没有“被窝儿”，睡觉时盖得越少越好……等等等等。她是一个能迅速适应美国环境的人，或者说，因为她想迅速适应戴维。

戴维从来也没说过不爱尹小帆，他把她叫做“我的小豌豆”。可是他们结婚不久，他就开始和一个比他大十岁的德国女人约会了，他们是老朋友，老早就认识的。结婚也没能使他断掉和这个德国女人的联系。如果他爱尹小帆，那他和这个德国女人又算怎么回事呢？这是尹小帆不能容忍的一件事，因为发生在美国，就更让她难以承受。若是在中国，她除了可以和丈夫吵闹，还可以跑回娘家哭诉，或找要好的朋友、同学讨讨主意，但她却是在美国，美国没有她的娘家，也没有她货真价实的亲密朋友。她的流利的英文使她能够和这块土地上的任何人毫无障碍地谈话，但心灵的障碍却是语言无力解决的，障碍在她的心里。当戴维和德国女人约会时尹小帆初次体味了这令人脊梁骨发寒的障碍，她第一次明确意识到她的无所归属感，在美国她是一个外国人，她永远也不可能了解戴维和他的旧日德国女友发生在美利坚国土上的一切秘密。她和戴维有过很激烈的争吵，“王八蛋”这类的言辞她也能张口就来，但她的吵闹只落得戴维更频繁地去会女友。他却不想和尹小帆离婚，因为那女友是有丈夫的。

尹小帆从来不把这一切告诉国内的家人，这无处诉说的伤痛是她自找的啊。就像有些因为生过某种病而落下“病根儿”的人，尹小帆也落下了病根儿吧，戴维的不忠反而使她一直在给尹小跳的信中特别强调：“我们爱得很深。”而这时，正是她对戴维茫然不解的时候。谁也不如尹小帆明白，一个东方人和一个西方人真正的互相认识几乎是不可能的，即使做了一辈子和睦夫妻，能相知百分之六十也就让人庆幸了。尹小帆始终不愿意承认这一点，她的生活却一步近似一步地逼她偷偷地把这感受肯定了又肯定。这是一种不能示人的肯定，因为她要做个生活的胜利者，她每时每刻都想让家人认可她的生活的确比他们好。

可是她的病根儿呢？她的病根儿又操纵着她无缘无故地担惊受怕。她本能地觉得戴维也许是那种喜欢比自己大的女人的，因此她提防所有的大女人，包括比她和戴维大六岁的尹小跳。在家里她决不摆尹小跳成年之后的照片，她只摆一张她们姐妹俩小时候的合影：尹小跳觑眼皱眉一脸的不高兴，尹小帆笑着，有点儿傻。戴维对她说为什么没有姐姐现在的照片？我喜欢她现在的照片，她不是给我们寄来过吗？尹小帆有些虚假地解释说，她更喜欢回忆往事，只有少年时的照片能够让她回忆往事，中国往事。

啊，中国往事。

当尹小帆的自信心降到最低点的时候，她甚至拒绝戴维和她一道回国探亲。她宁愿自己不在家时戴维和德国女人约会，也不愿意和戴维一起回中国。她是如此地害怕，甚至不能听见电话里尹小跳用英文热情地邀请戴维："欢迎回家！"她拿着另一只话筒打断戴维和尹小跳的对话，她对尹小跳说姐呀，你的英语口语可得好好练啊太难听了你从哪儿学来的呀！她用指责尹小跳英语发音的不地道制止了尹小跳继续和戴维讲话，她就差喊出“闭嘴”了。她的神经已经十分脆弱了已经不堪一击了。结果戴维非常恼火尹小帆这不礼貌的中间插话。他们放下电话就吵了起来，戴维说我有和任何人通话的权利你不应该随便打断我们讲话。尹小帆说我没打断你们我是在鼓励我姐姐继续讲英语呢她有进步。戴维冷笑一声说你不是鼓励你是在讽刺。尹小帆说你又不懂中文你怎么能胡说。戴维说我懂你的语气——那不是一种好语气——而且声音那么大。你们中国人就是声音大。尹小帆说声音大怎么了，既然你知道我们中国人声音大，你就不能下结论说所有大声音都不是好语气。戴维说我坚持认为刚才你就不是一种好语气，我知道你。尹小帆说你知道我？你一辈子也知道不了我。戴维说请不要总是讲“一辈子”这个词好不好。尹小帆就说一辈子一辈子一辈子。戴维突然笑了，他说我们和好吧。也许他是爱尹小帆的，只是他对他这位中国妻子也有着很多不明白。比方说，他实在不明白为什么尹小帆不让他和她一道回中国探亲。他离开中国已经五年了，那时候他在他父亲的公司驻北京办事处实习，学了几句简单的汉语，到现在只记住一句：“来点儿可乐！”他挺想旧地重游，看一看他的岳父岳母和他的姐姐尹小跳。

33

尹小跳在首都机场等候尹小帆的到来。这年她还没有升任儿童出版社副社长，她是第一编辑室主任。她和方兢的故事已经成了地道的过去，这“地道”意味着真正的解脱，从那场水深火热的恋爱中解脱。她需要休养生息，需要“缓”，只有解脱得地道才能休养生息才能缓过来。也许有能力恋爱的女人都具备“缓”的能力，好比生命力旺盛的野草：“野火烧不尽，春风吹又生”。

尹小跳缓了过来。

她把精力和聪明智慧用到职业上去，逐年为出版社创下可观的利润。在这几年里，她的精神是集中的，她的内心是清静的，她不再把眼泪往抽屉里掉了，她的气色渐渐好起来，生活的前方还有什么机会吧？也许她在观望，有那么点儿过来人的平和，也有那么点儿不甘心者的企盼。只是她不再有抢夺什么的心了，她似乎慢慢明白真正的幸福是抢夺不来的。有时候她会想起在邮局见过的一个女学生。那是个国庆节放假的日子，她去邮局取钱。取钱的人很多，她在后边排着队，无意间听到一个女学生打电话的内容。她不愿承认她这是偷听，开始她的确只是没目的地看着那个女学生的背影。她想，从背影看这打电话的人来自乡村，她编结辫子的方法和她站立的姿势，那腿部用力的程度和她攥住话筒的手都能印证她的乡村气质，健康而又有点儿拙笨，并且不够舒展。但她的电话内容又证明着她是学生，大学生或者中专生吧，那么一定是从农村考入福安的大学生或者中专生。很显然通话的对方是个男生，因为尹小跳听见女学生用带着郊县口音的普通话说你们学校放几天假呀？对方做了回答，女学生说我们学校也是三天呀。我不打算回家了你回家吗？对方可能说不回，女学生显得高兴地说那多好啊你到我们学校来玩儿吧。对方大概说了不行，这边女学生便开始了她对对方的动员。尹小跳就是在这时集中精神开始“偷”听这电话的。

她发现女学生的背影比刚才又显得紧张了一些，持话筒的右胳膊紧紧夹住胳肢窝，好似胳肢窝里有一件急需夹住的物品。通话时间的不断延长还使她不断往投币孔塞着硬币，她的背影看上去有几分狼狈。她对对方说你来嘛，我们宿舍的人都回家了多好玩儿啊。什么？你要准备考试？不嘛不嘛我想让你来……说这番话时女学生扭动起身子，这微微扭动的背影使尹小跳感到那么点儿不舒服，也印证了她那对方是个男生的猜测。女学生显然在用着她并不熟练的方式撒娇了，她一迭声地说着不嘛不嘛不嘛你来嘛我们宿舍的人都不在嘛不嘛不嘛……直到这动员变成了恳请变成了哀求变成了小声的嘟囔又变成了……什么呢？最终它变成了一种强打起精神的无所谓的洒脱口气，她说没关系不用对不起，我知道考试更重要，那咱们就以后再见面吧，哎，再见……尹小跳却看见，女学生那攥住话筒的手猛烈地哆嗦着，指关节给攥得惨白。当她挂上电话转过身来奔向门口时已是泪流满面。尹小跳对这个陌生的女学生充满深深的同情，她那强“努”出来的洒脱口气和她攥话筒攥得骨节惨白的手让她永远难忘。那是一个鲜为人知的瞬间，正因为邮局的嘈杂混乱，正因为邮局人多，才没有人会发现一个女学生这狼狈的瞬间。尹小跳发现了，她却没有可能把她的同情告之这陌生的女性，没有可能告诉她，在这个世界上失意的不仅仅她一个人。她那电话无疑是抢夺式的，抢夺一个男生在假期里的到来。只要她摆出了抢夺的姿态她就必定失败。尹小跳就抢夺过，任何一个年轻气盛的人都曾有过不同式样的对生活的抢夺，幼稚而不可笑。

尹小帆乘坐的航班到了。远远的，尹小跳从众多等待取行李的旅客中一眼就认出了她这位分别五年的妹妹。她可瘦多了，穿一件猩红的几乎曳地的羊绒大衣，显得身材更加高挑儿。她推着行李车过来了，她们拥抱，她的脸色不好。尹小跳早就发现很多从美国回来的中国人脸色都不好看。在白种人成堆的地方，他们的黄脸仿佛变得更黄。即使如尹小帆这样有家有业，拿了经济管理硕士学位、又在一家跨国投资公司做职员的人，她的高品质的生活也没能润泽她的脸色——甚至，当她微笑时，尹小跳看见了她眼角细碎的鱼尾纹，这年她还不到三十岁。

相形之下，尹小跳这个本土生长的中国女人倒显出了几分神采奕奕。尹小帆不得不感叹道：姐，没想到你比从前还……还漂亮呢。你真这么觉得吗尹小跳说。我真这么觉得尹小帆说。她们出了候机厅，来到停车场，上了尹小跳从福安带来的儿童出版社的一辆“标致”轿车。尹小帆说我还以为咱们得坐火车回家呢，像从前我上大学的时候那样。尹小跳说现在用不着，你看我不是把车开来了嘛。尹小帆说是你的车？尹小跳说是出版社的车。尹小帆说你在出版社可以支配一辆车吗？尹小跳说还不可以，不过特殊情况用一下还是没问题的。尹小帆说美国可没这事儿。尹小跳听不出她这话是羡慕还是谴责。

二百公里的路程，她们很快就到了家。已是深夜，尹亦寻和章妩睡意全无地等待着。他们仍然住在外省建筑设计院的大院儿里，只是房子换了新的，四室两厅的单元，面积比他们在苇河农场劳动的时代大了近三倍，比尹小帆出国时也大了一倍。变化是明显的，尹小帆从下飞机那一刻起就觉出了国内的种种变化。唯一没变的反倒是那个机场本身，黑咕隆咚，拥挤狭窄，海关人员像从前一样冷漠。但是一出机场就变了，一直到家。她的二老她的姐姐在明亮温暖的家里簇拥着她，一股熟悉的香腻的排骨汤味儿直冲鼻腔，那是尹亦寻特意为她准备的煮馄饨的汤底儿。家人都知道尹小帆最爱吃馄饨。

热腾腾的白汤馄饨端上来了，淡黄的虾皮，碧绿的葱花，带着蒜香的冬菜末儿，还有紫菜。香油，把一碗细嫩的馄饨衬托得光彩照人。尹小帆连吃两碗，放下筷子说，真好吃。她本来是怀着那么点儿预先准备好的居高临下的心情回国的，也有点儿荣归故里的意思吧，但两碗馄饨下肚，她定住了神，发现她这故里并不像她以为的那样，与她的生活那么悬殊。尤其尹小跳，居然能开着出版社的车去北京接她，而且尹小跳也有了自己的房子。这样，她原想端着的那点儿美国架子就有点儿端不住了，她的情绪有点儿失控。她哭起来——不是抽抽搭搭由缓至急，她哭得很公开，仰脸把嘴一咧，哭声就放了出来，面部表情也就不顾了。这是深得尹小跳欣赏的一种哭法，尹小跳就不会这么哭。只有当尹小帆这样一哭的时候，尹小跳才感到她的妹妹真回来了，这人真是她的妹妹。

尹小帆把家人哭得都很难受，当哭声止住，尹亦寻才问了一句：生活得还好吧？尹小帆就讲起了她在美国的生活。其实这生活已经通过电话和信件被家人了解得差不多了。他们都知道，“我和戴维爱得很深”。他们却不知道，尹小帆还有过在餐馆打工的日子。她笑着对他们说，前几年她读硕士戴维是反对的，她一赌气就不要他的钱，读着书，一边在一家保险公司打工，一边又受同班一个法国同学维吉妮的鼓动去餐馆挣钱，挣学费。她说出国前她绝想不到自己会去美国刷盘子，去餐馆打工，那都是不懂英语、又没本事、连绿卡也混不上的人才干的，她有美国国籍她有自己的家她干吗要去餐馆打工呢。维吉妮却对她说现钱来得快啊，每当你下班之后数着你围裙兜儿里那一把一把的小费的时候，那感觉是不一样的，你会上瘾。维吉妮已经上了瘾。她介绍尹小帆去她打工的富人区的一个餐馆，老板问尹小帆有什么特长，尹小帆说，“唔，倒是有一个特长，我会用一种特别的速度唱歌。”老板问什么速度，尹小帆说就是把三十三转唱片的速度唱成七十八转唱片的速度。她张口就唱了一个，老板放声大笑，他怎么能让这样聪明伶俐的人儿刷盘子呢？她的伶俐她那娴熟的英语都使他感兴趣，于是尹小帆就做了这餐馆的领座员。她说她真有点儿上了瘾，差点儿把保险公司那份儿工作辞了。当你每天都能眼睁睁地收获活生生的美元时你怎么能不上瘾呢。当然也有不愉快的时候，她这间餐馆地处富人区，来吃饭的都是衣冠楚楚的人，有一天，戴维的父母、她的公婆进来吃饭，吓得她赶紧躲起来，她不想让他们知道她在这儿打工。她这一躲，却又让一对由她照顾的讲究男女钻了空子，他们吃完饭不付账站起来就走。尹小帆发现了那张空桌子才不顾一切地跑出去追他们。追不上他们老板就得扣她的钱。她说那一男一女显然是故意不付账的，因为他们走得很快。她跑着追他们，却不能在街上大喊。但她跑得很顽强，一直追过两条街才把他们追上。她在心里叫着号子鼓励着自己的追赶，她说臭狗屎美国臭狗屎！她追上了他们，竭力镇静着礼貌着说对不起先生，您忘了付钱了。那一对高大的金发男女几乎同时作出了惊愕的样子，尹小帆从他们那夸张的惊愕里看出了令人厌恶的慌张和虚伪。他们想用这虚伪的惊愕告诉尹小帆她搞错了，但是尹小帆镇静着礼貌着又说了一遍对不起先生，您忘了付钱了这是您的账单。在他们的身高的对比下尹小帆显出了东方人的瘦小，但她那凛然的脸和有教养的英语显然让他们不敢小视，当那男人张口试图说点儿什么时尹小帆又加了一句：您如果不付钱我可以叫警察。他们乖乖付了账，连同尹小帆的小费。

后来呢尹小跳问，她已经控制不住眼里的泪水。尹小帆说后来戴维知道她在餐馆打工，他去餐馆找她，领她回家，对她说她不能去餐馆，他同意她读硕士，他会为她付钱，为他的“小豌豆”。

她有点儿累了，尹小帆。她们在凌晨才昏昏沉沉地睡过去。尹小跳做了一个不太舒畅的梦，她梦见她从一条土坡上走过，听见土坡下有一个微弱的声音在叫她：姐，救救我！姐，救救我……她蹲下来，看见尹小帆正从土坡下边往上爬。她是念小学时的样子，短头发，身穿那件淡粉色带小黑点儿的灯心绒外衣，胖嘟嘟的脸蛋儿蹭了些泥。尹小跳急忙伸手拉住尹小帆把她抱在怀里。她浑身湿漉漉的，虽然土坡下边并不是一条河。她大睁着眼睛张着嘴不停地喘气，她的嘴里是鱼腥味儿，鱼腥味儿，她还慢慢从嘴里吐出一根金鱼草。尹小跳非常难过，尹小帆嘴里的金鱼草叫人觉得她已经在水下生活了很长时间。尹小跳不愿意看见尹小帆嘴里的草，她一边紧抱着她一边伸手去抻她嘴里的草，或者也可以说她是在拔草，拔长在尹小帆嘴里的水草。草却是那样的无穷无尽，她就用手指伸到她嘴里去掏去挖……尹小帆被她挖得呕吐起来，她醒了。

她醒了，才发现自己还在抽噎。而对面床上的尹小帆睡得正香。她睡了整整一天，翻过来掉过去的，趴在被窝儿里趴成个蛤蟆样。她就像要把在美国亏欠的觉全都补回来，就像当年章妩从苇河农场回到家里，要把在农场亏欠的觉都补回来一样，又仿佛在美国五年的睡眠本不是睡眠，在中国睡觉才是真正的睡觉，中国人得睡中国觉——那无牵无挂的、放松的、做了噩梦醒过来有亲人守在床边的觉啊。

当尹小帆终于睁开眼伸个懒腰时，她看见尹小跳正红肿着眼睛注视着她。她眨眨眼说你怎么了？尹小跳就给尹小帆讲刚才的梦。她有点儿迷信，她认为不好的梦你把它讲出来就好了。尹小帆却是一副无动于衷的样子。她交叠起双手垫在后脑勺儿上，眼望天花板说其实你们用不着替我担心，我没有你在梦里想象的那么可怜，我挺好。

尹小跳解释说我并不是说你可怜，这只是一种牵挂，梦里的牵挂，不由自主的，毕竟你是一个人在外面啊。

尹小帆说我怎么是一个人在外面？我丈夫戴维不是人吗？要说一个人，你才是一个人呢。你一个人待着却还总是忘不了可怜我！

尹小跳又开始不认识尹小帆了。她情绪的反复无常让人觉得她在美国的生活不一定如她说的那么好，但是尹小跳无言以对。

34

愉快的时候总还是有的。这天尹小跳少年时代的女友、中学同学孟由由要请尹小帆吃饭。

孟由由成人之后终于实现了她那热爱烹饪的梦想，和丈夫在福安闹市区开了一家门脸儿不大的餐馆，名曰“由由小炒”。“小炒”是对应“南北大菜、生猛海鲜”的，孟由由一看见这八个大字就反胃，觉得它们既野蛮又虚头扒脑。你不是大吗，干脆我就小，小炒。小炒有点儿小主头小脸儿却并不小气，带着那么一种永恒的家庭味儿，因此反而显得亲近、牢靠。当然这“小炒”也并非她的发明，地处北京使馆区的雅宝路上就有一家“冯姑妈小炒”馆子，顾客络绎不绝。尹小跳去那儿吃过饭，回来告诉孟由由，孟由由说，我也可以开个“孟姑妈小炒”啊！尹小跳说小炒可以，但是孟姑妈不好，不知怎么的我一看见“姑妈”就想起老电影《羊城暗哨》里那个八姑，怪瘆人的，为什么不叫“由由小炒”呢？对，就叫“由由小炒”。“由由小炒”生意还真不错，看家菜是响油鳝糊、蜜梅香蹄、啤酒仔鸡、咸菜鲫鱼和萝卜丝酥饼。说不上是什么菜系，也不讲究什么菜系，潮汕淮扬、鲁菜都沾点儿边儿。孟由由是个开放派，什么好吃她就确定什么。比方咸菜鲫鱼，纯属福安地方小菜，可真好吃啊，孟由由照样精心经营。

尹小跳对尹小帆说你还记得孟由由吧。尹小帆说当然记得，还有那个大美人儿唐菲。她想起小时候她是如何奉献出自己的牛奶，追随着尹小跳到孟由由家去，眼巴巴地等待她们炮制那神秘的“烤小雪球”的——俱往矣。

她们在“由由小炒”舒适、玲珑的雅间里吃喝，唐菲也来了，她送给尹小帆一副古色古香的红漆镯子。尹小帆这才发觉自己从来没想过给她姐姐的这些朋友带礼物。美国人从来就不如中国人礼多，并且不轻易送礼。但尹小帆真是美国人吗？骨子里她从来就没有认为自己是个美国人，遗憾的是她也不是中国人了，中国人的那份情和义，不论虚实，距她都已十分的淡远。这使她在感谢唐菲的同时，也对眼下自己这四边不靠的状态生出几分懊恼。她就请唐菲吸烟，超长女式摩尔，她们俩都吸烟。她们吸着烟，互相打量着。唐菲穿件黑皮外衣和一条黑皮超短裙，皮子质地如丝绸般柔滑细软，在美国若论级别，当属最高等级奶油级的。她这打扮和她那长过腰际的波浪般的头发使尹小帆想起了她的一些经历。从前，通过尹小跳她知道了唐菲的一些经历，因此她不便打听她现在的职业，她觉得如唐菲这样的人，职业都带有某种可疑。她又不得不承认国内的日子比她离开时要好得多，她留意眼前这几个人的装束，感叹中国制造的衣服一点儿也不比美国逊色。她听着她的姐姐和唐菲、孟由由闲扯，尹小跳和唐菲都不断把饭局往“由由小炒”这儿拉，出版社来了客人，尹小跳十有八九得领着客人奔这儿来。尹小跳说有一对社里特邀的加拿大夫妇，为出版社编写一套幼儿趣味英语，他们最喜欢吃这儿的萝卜丝酥饼，离开福安时，一连三天泡在这儿，别的不要，就是一壶菊花茶，一打儿萝卜丝酥饼，好吃不贵呀！孟由由就说尹小跳你知道吗，你猜唐菲领来了客人我怎么办？尹小跳说唐菲能领来什么人啊，她认识的人都特有钱，有钱人谁上你这儿来啊是吧唐菲。唐菲嘿嘿笑着说我还真领来过几拨儿呢，来之前先给孟由由打个电话，叫她出示另一套菜谱，改过价钱的，把三十块钱的菜改成三百块钱的那种。那些暴发户们，从来不习惯说“什么最好吃啊”，他们喜欢说“你这儿什么菜最贵啊？”他们专拣贵的点，咸菜鲫鱼都变成一百八十块钱一例了。尹小跳大笑着说活该，换了我就再加一个零，一千八百块钱一例……尹小帆听着她们的闲扯，不觉得她们这闹扯有什么趣味，这中国式的小阴谋诡计还让她感到几分不平和恼火，不是因为她清高，是因为她的不能打入其中，她的不能入伙。她羡慕她的姐姐和同桌两个女人这叽叽歪歪的俗，而她似乎就连这“俗”的可能也不再有了。

请客结束时，尹小跳给陈在打了电话，回来告诉尹小帆说，一会儿陈在会开车来接她们，去看他设计的美山别墅。

这时的陈在，从英国留学回来，已经是外省有些名气的建筑设计师了，他成功地设计了福安市博物馆、出版大厦和新加坡商人投资的美山别墅。这年他正在筹建自己的设计工作室。他结了婚，结婚也不能让他忘却尹小跳。他是多么愿意为她做事，做她想做的一切。他们经常见面，既清白又秘密，他们无话不谈。他不是她的亲人，可是为什么尹小跳遇到麻烦第一个想起的人就是陈在呢？这一男一女，或许他们并不打算看见前方的目的地，他知道她生活在他生活的城市，她知道他生活在她生活的城市，他与她同在，这就够了。

陈在开车带尹小跳和尹小帆去美山别墅，那的确是福安郊外很美的一块地方，离市区如此的近切，你忽然间就由一座嘈杂的城市到达一片静谧的尘烟不染的山庄，这种没有过渡的“忽然”感确能引人前往。穿过错落在山坡上的房子，他们来到一号别墅。一切都是崭新的，都还没有启用，陈在作为别墅的设计者，他有特权享用一下这里的一切。尹小帆很喜欢一号别墅的设计：西班牙风格的俭朴、粗犷和实用。他们洗桑拿，然后是烛光晚餐，热气腾腾的洗浴把他们弄得红光满面。尹小帆忽然提出要喝中国白酒，她们就喝五粮液。尹小跳喝得很猛，陈在心疼地劝她慢点儿喝。他面目平淡地劝她，但是尹小帆分明地意识到那实在是一种相知甚深的心疼，只有相知甚深的男女才能如此地面目平淡。尽管陈在一直在和尹小帆说话，当他们用英文交谈时，陈在就称赞尹小帆发音的漂亮。而尹小跳微笑着看着他们，她愿意陈在对尹小帆好，她愿意尹小帆因此而高兴。尽管这样，尹小帆心中仍旧有一种深深的失落感。他们共同给她的殷勤和关照似乎并没有把她温暖，倒似乎更反衬出了他们俩的心心相印。她便恶作剧似的故意撺掇尹小跳干杯，她有那么点儿希望，希望不胜酒力的尹小跳在陈在的眼前出丑。尹小跳愣头愣脑地真喝起来，陈在不得不夺过她的杯子对尹小帆说，我替你姐喝了吧，她……她不行。尹小帆的眼前模糊了：她没有的这儿都有了，最奢侈的便是眼前这两个东方男女难以琢磨的深沉的默契。她嫉羡这份默契，她有一种想和东方男人在一起的愿望。她想起了在北京念大学时的一个同班男生，她和他曾经互相都有好感。他来自山东乡下，有一次他对尹小帆讲起他的少年往事。他家境贫寒，父母病逝后他被叔叔收养。他一直记着父亲出殡前一个本家长者摸着他的头顶唉声叹气地说，可怜的孩子，往后就没有好日子了。他记住了这句话，这话激励着他要学习要有出息要为好日子奋斗。他常挨欺负，谁欺负了他他必定报复。他的报复方式很独特，他拿上一把小刀，兜里揣上一把花椒，趁没人的时候来到仇人院子里，用刀子把院中的杨树划开一道小口，往口子里埋上两粒花椒，第二天这棵杨树准死。那些欺负过他的人家，院子里的杨树都被他这样害死过。他人小力单报复不起人，他就报复树。尹小帆觉得这男生非同一般，她只是有点儿不太相信把花椒埋进杨树那树真会死。她问男生从哪儿学来的，男生说一个邻县来的讨饭花子告诉他的。那时尹小帆望着校园里的杨树，她真想试试也往一棵杨树里埋上花椒。她终于没有那么做，她是希望让故事还是故事吧，故事里的真实比生活里的真实更有魅力，故事里的真实也增添着讲故事的人的魅力。尹小帆只觉得男人就该是男生这样的人，主意大，有出人意料的点子。后来她认识了戴维，会害死杨树的男生才在她的视野里消失了。现在她又想起了这个男生。在这个安静的晚上，喝着五粮液的晚上，陈在和尹小跳心心相印的晚上，她想到的不是戴维，而是大学时那个同班男生。也许就因为他是中国人吧，作为一个中国女人，尹小帆从来没跟中国男人恋爱过。

这晚他们三人就在一号别墅过夜，尹小跳和尹小帆同居一室，她们都有点儿醉意。她们分别躺在两张床上有一句没一句地聊天，尹小帆说你喜欢陈在吗？尹小跳说陈在已经结婚了。尹小帆说结婚和喜欢不喜欢是两码事，为什么你不能正面回答问题呢？尹小跳说我不喜欢，我现在没有喜欢任何男人。尹小帆说你撒谎。尹小跳说我没撒谎。尹小帆说那要是我喜欢上陈在你觉得怎么样？尹小跳不说话。尹小帆说看把你吓的，吓得你都说不出话来了。尹小跳说行了别胡闹了。尹小帆正正口气说，你不喜欢他真是对了，别指望一个结过婚的男人对你能有什么真爱。说这话时她又显出了几分优越，差点儿就要举她和戴维的例子了，戴维和她结婚时就是一个没结过婚的男人啊。尹小跳却不再吭声，她睡着了吧，也许是装睡。

她们吃喝玩乐睡懒觉，第二天下午才返回福安。一进门，章妩就兴高采烈地说，晚上全家一起去吃日本料理，在美国日本料理不是很贵吗，她已经给餐馆打电话预订了位子。尹小帆微微皱着眉说，福安也有了日本料理的馆子？章妩说是啊，新开的。尹亦寻说他们的原料、牛肉和生鱼都是由神户港运到天津，再从天津空运过来。尹小帆仍然皱着眉说，她得过一会儿才能决定晚上能不能出去吃日本料理，因为她有点儿肚子疼。说完她就回到自己房间趴在床上。她显得挺不高兴，福安也有了日本料理似乎就让她不高兴。章妩和尹亦寻都有点儿扫兴，但还是和缓着口气问她说怎么会肚子不好呢，是不是在美山别墅吃了不干净的东西。尹小帆说不知道也许是。尹小跳立刻说不一定吧，怎么我的肚子没事呢？尹小帆说我和你不一样，我水土不服你不知道啊，我回国第二大就拉稀你不知道啊！尹小跳说既然你这几天一直肚子不好就不能怨美山别墅的食品不干净。尹小帆说我没“怨”，我只说也许是。尹小跳说可我听出了你的意思。尹小帆忽地翻身从床上坐起来说我更知道你的意思，因为你的朋友请我吃请我玩儿请我洗桑拿请我满世界兜风我就得一刻不停地把感谢挂在嘴上是不是？我就得样样都说好是不是？为什么你那么需要别人的感激？我凭什么感激你呀我有什么可感激你的。尹小跳也激动起来，尹小帆歪在床上那副阴阳怪气、别别扭扭的样子很让她反感，她说你不是从文明的美国来的吗，怎么连欣赏别人的好意这点儿起码的文明也没学来呢？

尹小帆被尹小跳此时的尖刻彻底激怒了，也许她是存心要被她的姐姐激怒一下子的，她好有机会将心中所有莫名其妙的愤懑一齐爆发。即使尹小跳不去激她，她也会找茬儿让尹小跳激她那么一下。不激那么一下她就会坐卧不宁，她胸中的恶气就无以升腾，她脸上的恶火也无以燃烧。现在好了，她开口的机会到了，她觑着眼睛说欣赏别人的好意？你是想让我欣赏你的好意吧？对不起我不打算欣赏你的好意，几次出去吃饭都是别人拿钱，洗桑拿住别墅那是陈在的情面，我为什么要感激你呢？尹亦寻插话说小帆你这样说话可不好，为了欢迎你回家，你姐请了好几天事假，亲自开车去北京接你……尹小帆打断尹亦寻说我正想提车呢，那是出版社的车是公家的车，她开着公家的车办私事有什么可炫耀的？不错，你们在这儿活得是挺滋润，但这是腐败这是黑暗！以为我会羡慕你？还有你的那些朋友，那些改菜价的破饭馆简直庸俗不堪，只有中国才能发生这些事情，哎呀呀你们还在那儿津津乐道呢你们……她滔滔不绝言辞毒恶，颇似一种端起碗来吃肉、放下筷子骂街的人物，尹小跳想起了这个比喻，想起了尹小帆是多么爱吃“由由小炒”的萝卜丝酥饼，吃完还要求尹小跳往家时带。她不理解眼前的尹小帆，不理解她这一身恶火恶气究竟源于哪里。这时章妩劝阻说小帆停止吧，灌个暖水袋焐焐肚子，晚上的日本料理还是争取去吃。尹小帆立刻又把怒气撒向章妩，她说我实在不明白你们为什么总让我出去吃饭，妈尤其是你，从小到大我就没吃过几顿你做的饭。你究竟会做什么饭啊我怎么一点儿也不知道？现在我从这么远的地方回来了怎么就不能多在家里待会儿怎么我就得老到饭馆里去坐着呢？我不去，日本料理我不去，我不想三句话离不开吃。我就讨厌中国人总是忘不了吃、吃、吃、吃，一吃点儿好东西怎么就那么幸福……

半天没吭声的尹小跳突然带着一种得意相儿说，告诉你我就是这样的中国人，一吃点儿好东西就那么幸福。

尹小帆知道尹小跳这是在气她。尹小跳那故作得意的姿态使尹小帆恨不得给她一个耳光。

她恨她。

35

她们争吵，一个月的时间，几乎从下飞机吵到了上飞机。奇怪的是尹小帆的气色却一天天好起来，人胖了些，脸颊上有了红晕，皮肤也有了光泽。这一切仿佛都是因为吵架：在故乡的土地上身心放肆，用中国话吵中国架，吵累了吵饿了就喝中国粥吃中国饭，然后还能不讲姿势地睡觉——中国式的大懒觉。每当她和尹小跳吵完之后，她都有一种神清气爽的畅快之感。她有些害怕地想，难道她回国来就是专为和家人吵架吗？不，她的本意不是这样，她却又不知她究竟应该怎么样。

当争吵的间歇，当她香甜地喝够了美国人从来也不喝的大米粥、小豆粥、皮蛋瘦肉粥们的时候，当她看着她的姐姐尹小跳那一点儿也不记恨她，甚至还有点儿讨好她的样子，她就有点儿内疚。内疚使家里获得了暂时的平和，仿佛什么也没有发生过，尹小帆从来也没出过国，她是中学时放学回家的样子，带着一身教室里的铁锈味儿，把鼓鼓囊囊的棕色人造革书包往书桌上一扔。她是高考时有一天考得不理想急赤白脸地奔回家来的样子，嘴唇干着，满脸热汗，进门就哆嗦着声音说“坏了坏了坏了坏了”……尹小跳怀念那个一脸无助之感的尹小帆，她的慌张和无助之感比她的傲慢和强硬更真实更可信。

平和的时候她们也能拉一些家常，尹小帆一边夸赞戴维的才华一边又抱怨他的幼稚，说有一次在旧货店戴维看上了一只旧奶瓶，非得花十五美元把它买下，因为它很像他小时候用过的一个奶瓶，这旧奶瓶可以让他回味幼儿时光。尹小帆说那么个破奶瓶哪值十五美元啊，他偏要买。尹小跳说也可以理解吧，回忆过去是人的本能，你们俩没有同样的过去，他无法和你一块儿回忆，他只能通过一个旧奶瓶追忆、玩味过去。尹小帆立刻又变得敏感起来，她说我的确没有和戴维同样的过去，他和他的堂兄弟、表姐妹们说起小时候我从来都是闭嘴的，我只有现在，现在时，那又怎么样？尹小跳说你有过去，你的过去在中国，我不明白你为什么要消灭你的过去，你的过去，我们共同的过去，你的那些中学同学，为什么你一点儿都不想看见他们？尹小帆说我是不想看见他们，我和他们从来就没话说。尹小跳说从前我读高中的一个同学去了澳大利亚，他每次回国肯定和大伙儿聚会，有几次我也参加了，不很高级，但毕竟有点儿叫人感动。这同学从上初一就和我同班，喜欢文学——虽然那时候也没什么文学。有一次作文课上老师布置了一篇作文题目叫《我们的教室》，这同学在《我们的教室》中写道："我们的教室有很多玻璃窗都破了，教室仿佛露出了欢喜的笑脸。"他的作文遭到了语文老师严厉的批评，老师批评他污蔑我们的教室；把破窗户形容成教室的笑脸。这同学辩解说他是这样认为的，他不觉得教室的窗玻璃破着有什么凄凉狼狈，破窗户真的给了他一种欢喜的感觉自由通畅的感觉，因为他可以在上课时没有遮拦地看外边他不愿意上课。尹小跳说事隔多年聚会的同学都还记得他这篇作文，“我们的教室有很多玻璃窗都破了，教室仿佛露出了欢喜的笑脸……”当有人背诵起这同学那久远的作文时，我们在一瞬间似乎都回到了从前，我们都年轻了那么一点点儿。

尹小帆说你是在拿我和你的澳大利亚同学比吧？你知道吗我就受不了你这个，受不了你老拿我和别人比。再往下你很可能又该举出一连串例子了：张三出国回来给家里买了一套房子，李四出国之后把十个亲戚都办出了国……就像妈唠唠叨叨的那样。我受不了的就是这个——这种中国人对出国的不正常的可气的心态，以为谁出国都是发财去了出国必须发财。为什么你们要给出国的人造成这么大的心理压力，连回国探亲是否要和中学同学见面都得听从你的指点！尹小跳说你这是胡搅蛮缠，家中从来没让你出国发财，家里只盼着你能有安定、和满的生活。假如你不顾事实地胡说八道那就是品质问题。尹小跳的严厉措辞稍微压住了一点儿尹小帆的气焰，但紧接着她就举出了尹亦寻的例子。她说但是爸从另外的方面给过我压力，他问我为什么不接着读博士。读不读博士是我自己的事。我倒想问一声，爸为什么不催着你读博士呢？你甚至连硕士也没读，你倒是一副成功的样子了，我反而是怎么努力也不够了，我究竟要成为一个什么样的人你们才能满意？

短暂的冷场。

尹小跳说你多心了小帆，为什么你变得这么多心？为什么你对国内的生活充满如此大的反感？尹小帆说我是反感，反感你们弄虚作假偷税漏税——你亲口跟我说的，你工资之外的大部分收入从来不纳税。这就是你的好日子！在美国偷税是要坐牢的你知道吗。尹小跳说我是偷税漏税过，不过我觉得你的义愤并不真的出自我偷税本身，你是气愤你不能像我一样地偷税！尹小帆说这是你的阴暗心理，美国人的纳税意识就是比你们强！尹小跳说别把美国说得那么天衣无缝了，你刚到美国三个月就入了美国国籍不也是走了美国后门儿吗，你亲口告诉我的，你公公想办法开出了一张你是在美国出生的假证明。你是在美国出生的吗你是吗？你是北京出生、福安长大的一个中国孩子你的中国名字叫尹小帆。

我倒情愿我不是在福安长大的我恨不得没有那段历史！尹小帆说。

哪段历史？哪段历史让你这么厌恶？尹小跳说。

你真要我说出来吗？尹小帆问。

我真要你说出来。尹小跳说。

七岁。尹小帆说，我七岁的一天，我在楼门口织毛袜子，你在楼门口看书，她……她在树下铲土，手里拎着一只小铁桶。后来远处有几个老太太开始喊她，她们在那儿扎着堆儿缝《毛泽东选集》，她听不见她们喊她，我听见了。但是后来她看见了她们冲她招手冲她拍巴掌，她就……不，我不说了我不想说了。

尹小跳的心已经随着尹小帆的讲述开始下沉了，她原以为这封存已久的历史决不会被尹小帆提起，她原以为或许尹小帆也没有这么清晰的记忆，她却终于记住了提起了。尹小跳无权阻拦也不能阻拦，也许她遭受审判的这天就要到了，就让尹小帆告之父母告之社会吧，让她也从此解脱。这时她那下沉的心里竟然漾起一股绝望的甜蜜。世上的确有一种绝望是甜蜜的，像某些遭受了大的爱情风暴袭击的失恋者。她于是催促闭嘴的尹小帆说下去，她已不能容忍尹小帆把这个话题拦腰砍断：有提起这话题的胆量，就应该有把它说完的勇气。

她催促尹小帆说下去，尹小帆说不，我不想说了对不起我不想说了。

你必须把话说完，尹小跳说。

这时她看见了，她们冲她招手冲她拍巴掌，尹小帆说，她就……她就扔下小铁桶向她们走去。她走在小马路上，她的前方有一口污水井，那口井是敞开盖子的。当时你和我都看见了那口井是敞开盖子的，她迎着井跑过去，你和我就站了起来，我们站在她的身后，离她有二十米？三十米？我记得我想喊她躲开井，可我知道这没用因为她听不见她是个聋哑人。我本来想要跑过去的，这时……这时你拉住了我的手，你拉住了我，不是拉着是拉住。

是的是我拉住了你，你说的都是真的，尹小跳说，拉就是阻拦。她索性又补充一句。

又是一阵短暂的冷场。

尹小跳坦然承认她对尹小帆的“拉住”，多少有点儿让尹小帆意外，罪责终于是尹小跳一人的了，尹小荃的死和尹小帆没有关系，尹小帆终于从二十多年前的阴影当中拔腿走了出来这就是被她厌恶的那段历史吧。她却并没有感到真的轻松，因为她无法面对尹小跳可能提出的问题：那你喜欢尹小荃吗？

成年的尹小帆把七岁的自己讲述成了一个要去救人性命的自己，谁又能证明当她迈步向前的时候真是想要救助呢。若是她真的一个箭步出去尹小跳根本就拉不住她的手。也许她是由于害怕主动把手送到尹小跳手里去的，那天她们手拉手站立的姿势几乎是并排的。她却终生也不乐意这么想。这是一个无法窥透的事实，无论是用良心还是用理性。只有实用主义才能把事情弄得看上去比较合理。此时此刻的尹小帆下意识地采取了实用主义的招数，对死亡已久的尹小荃她也许并无太深的内疚，她更看重压一压尹小跳的气焰：那二十多年前的“拉手”本是尹小跳的“短儿”啊，尹小帆要让她知道侥幸是没有意义的，一切她都不曾忘记。只有当话题回到根本：那你喜欢尹小荃吗？躲闪之情才蒙上尹小帆的心。对此她默不作声，是尹小跳坦率地告诉了她：我不喜欢尹小荃。那时她还差点儿告诉尹小帆她不喜欢尹小荃的原因，那原因决不是尹小帆式的本能的嫉妒，她却无法开口。除了唐菲，她在从前和以后，都不可能再和别人发生这样的交流。她无法开口。

于是尹小帆又开始嫉妒尹小跳这从头至尾的坦诚了，她忽然觉得解脱并不是把罪责卸在了旁人身上，解脱其实是正眼面对你的罪责。当尹小跳觉得黑云压城的时候她的解脱其实已经开始，尹小帆却永远地丧失了这样的机会，所以她没有想象中的得胜的感觉，虽然坐在对面的尹小跳已经被这话题折磨得那么蔫儿。她坐在那儿，瞪着一双没有视像的大眼，人也仿佛缩小了一圈儿。她怎么还会再有可能轻松超脱地评判尹小帆的美国生活呢？她怎么还会再有可能心无羁绊地享受这自如踏实的中国生活呢？啊，这就是要害，生活在本上的自如而又踏实的人们是如此地惹尹小帆烦恼。

她们在临近分别的几天里试图变得客气一些，但这是徒劳的，那做作出来的客气反而把她们的心压抑得要死。尹小跳奉承地说，小帆你的身材越来越好了，和练习潜水有关吧？尹小帆屈尊地说姐，你所有的衣服都比我的好看。话一说完她们又开始暗自贬斥这互相的虚伪。后来尹小跳从友谊商店给尹小帆买回一个身穿红花袄、开裆裤，头戴瓜皮帽的男性布娃娃，这布娃娃才缓解了尹小跳和尹小帆之间的紧张气氛。这娃娃的制造者显然是迎合了外国人的心理，或者它简直就是专门卖给外国人的。尹小跳记得尹小帆说过要给戴维的小侄女买礼物，哪儿还有比这个穿开裆裤的中国娃娃更合适的礼物啊。尹小帆立刻给娃娃起了个名字叫作王大贵，特别让她感到有趣的是王大贵还露着小鸡鸡，那小鸡鸡就是一根两寸来长的棉线头儿。

尹小帆此次的中国之行到王大贵这儿就算结束了，当她带着王大贵走进首都机场和前来送她的尹小跳告别时，她突然把嘴一咧再次大声哭起来。而当她办完行李托运、确认了机票就要出关的时候，当她再也无法靠近尹小跳的时候，她突然冲尹小跳摇着手，大声地告诉她：姐，我想你！

在这个世界上，她最想的也许还是她吧。

尹小跳流着泪心乱如麻，她望着远处的转眼就不见了的尹小帆，忽然觉得是她把尹小帆给抛弃了，而尹小帆是专程回来，告诉她、声讨她七岁时的那件往事的，怀着深深的受害者的心理。她抛弃了尹小帆，当那个星期天她们站在尹小荃身后，她拉住尹小帆的手的时候她也就抛弃了她，只给这个身穿猩红羊绒大衣的美国公民留下了一个随时可以拿出来讨伐她折磨她的最吓人的由头。

36

从此她发现，她以后的每次回国就好像是专为着折磨家人的——她以后又多次回国。她的那家跨国投资公司和中国有生意，她作为公司的一个部门主管每年都要出差，北京，巴黎，多伦多，东京……她是一定要在出差的间隙偷空儿回家看看的，她不再要求尹小跳开着出版社的车去北京接她，她高声地指责过这是腐败。她把自己弄得没了退路，就求助于陈在。陈在有车，尹小帆愿意让陈在去北京接她。她在精打细算这方面比尹小跳强百倍，她决不打算自己花钱租车由北京回福安。

或者，这其中还有别的原因。在美国，她每次和尹小跳通完电话之后差不多总要给陈在也打一个。不能说这是她在监视尹小跳和陈在的行踪，揣测他们的亲密程度，也没什么目的，就是聊聊天。她希望在中国的日子里，有那么几个小时是她和陈在单独在一起，比如从北京至福安的路上。

陈在开车接过尹小帆两次。在高速公路上，尹小帆还要求试着开了一会儿车。她说她不敢在中国开车，上中学时自行车骑得特好，现在连自行车也不敢骑了，她主要是适应不了这么多人，人一多她就心慌。她的车技实在是漂亮，她那修长的涂着漆光深玫瑰色指甲油的双手果断而又自如地搭在方向盘上特别迷人。她不时腾出手来撩一撩落到耳前的长发——她也留起了长发。她的一举一动，她的手势，她讲话的节奏，控制声音的分寸，偶尔偏头观察陈在时的神情，都透着那么一股子见过世面的美国劲儿。她随随便便地问陈在说，你觉得我这人怎么样？陈在说聪明能干，好。她又随随便便地问道，比我姐呢？陈在扭头看着车窗外边笑而不答。或许他觉得尹小帆的这种提问是幼稚的，因为幼稚，就显出了强人所难。他的笑而不答再次给了尹小帆一个信号：她看出了尹小跳在陈在心中的分量，尹小跳是不能随便被提及的，他不打算拿她作为聊天的资料。这是一个耐人寻味的男人，尹小帆想，她猜不透他，他的内心并不像他的外表那么随和。平心而论尹小帆也并没有喜欢上陈在，她却有一种模模糊糊的要让他喜欢上她的意思。她愿意让特别喜欢尹小跳的男人更喜欢她，她不明白这是她要与尹小跳一争高低还是她的恶作剧心理。

有一次回国她在尹小跳新分到的房子里住了几天，她喜欢她姐姐的新房子和房间里的家具。她逐一询问着家具的价钱和出处，都是中国造，中国真是什么都有啊，而且便宜。她分明记得80年代初中国人还拿塑料袋当宝贝呢，很多人家都舍不得扔掉包装商品的塑料袋，洗净晾干之后攒起来留着再用。仅仅几年的工夫谁还稀罕塑料袋啊，塑料袋已经成了白色污染成了公害。纸才是好东西，只是中国还达不到像美国那样，把包装袋全换成纸制品。有一次她在尹小跳家看电视，福安电视台的新闻，这儿的市长正号召市民丢弃塑料袋时稍稍费那么点儿心：把袋子挽个结再扔，为了环境保护，为了那成千上万的小口袋不再满天飞舞落上树梢落进动物园珍奇动物们的食料盆，很多动物就是因为吞食了这些袋子而丧生。尹小帆是个不关心政治和时局的人，她却通过这样一些细节了解到了中国的进步，虽然那个市长连普通话也说不好，并且还是黑牙根儿。他还不知道洗牙吧，很多衣冠楚楚的官员们牙齿都很脏。

中国的进步，福安的变化使尹小帆几乎没有兴致再对尹小跳讲述美国的优越。前不久戴维的父母庆祝金婚，邀请孩子们去南美的厄瓜多尔度假，他们租了一条大游船，二十几口人在船上玩儿了一个星期。她给尹小跳讲厄瓜多尔，尹小跳就给她讲耶路撒冷。尹小跳近些年频频出国，也让尹小帆既羡慕又吃惊。她无法指责尹小跳的出国是黑暗是腐败，她的出国都和业务有关，或是和国外的出版社合作出书，或是参加国际性的出版会议。每到一地她都忘不了给尹小帆买些小东西，虽然她知道尹小帆并不缺少这些小东西。这只是她以往的一个习惯，她对这个越来越跟她别扭的尹小帆有一种颠扑不破的惦念。她积攒着这些小东西，待尹小帆从美国回来时拿给她看。她尤其喜欢在特拉维夫买的一条意大利三色金的蝇形手链，还有在香港的玛莎百货公司买的一顶英国“圣米高”牌子的亚麻遮阳帽。尹小跳果然特别喜欢。她喜欢着，又有几丝怅惘：她曾经以为这种事会颠倒一下的，这些高品位的精致的好东西原是该由她为她的家人带回来的，只有她才能从国外带回来这些她们买不着见不到的好东西。如今这一切却都用不着了，她去美国的意义究竟又在哪儿呢？为什么她一定要和美国人在一起生活？

她不允许自己这样想，这种含有失败感的怀疑不应该出现在她的脑海里。她就在这时发现了尹小跳的卫生间里，淋浴器喷头的出水量太小。她怀疑出水量这么小的喷头根本就冲不净她的头发，还有水质，她抱怨福安的水质太硬对长发尤其不利。她凑到尹小跳眼前抖着她那头宝贵的长发说你摸摸你摸摸，在美国我的头发根本就不是这种感觉。对了，美国的水好，美国家里还有专洗桑拿的小木屋，水量永远是充足的——她终于找到了可以拿来贬斥中国的理由。尹小跳不情愿地摸摸尹小帆的头发说我觉得你这头发洗得不错，我什么也觉不出来。尹小帆马上说你能觉出什么来呀你老在这么一个地方待着。尹小跳说我是老在这么一个地方待着，这儿是我的家我不在这儿待着在哪儿待着？你也不过就是换了个地方待着罢了。

争吵便再一次开始了，双方都显得很不冷静。也许尹小跳应该做些让步的，尹小帆毕竟是她的客人。可是她却有点儿狭隘地斤斤计较起来，她觉得尹小帆类似这样的挑剔简直是有点儿不知好歹。尹小帆说我早就看出来了你就是那种不能让人说不好的人，问题是我说你不好了吗？我说的是水！尹小跳说水从来就是这样的水，你回国之前怎么没带上点儿水质软化剂呀，或者干脆像英国女王来中国那样，带足她自己的专用水——可惜你还不是女王，你少在这儿给我摆谱儿！尹小帆说我摆谱儿？是你的虚荣心受不了了吧？你不就是刚当了个出版社的副社长吗，想让我唯唯诺诺地像你那些同事下级那样围着你转吧，别忘了你是怎么进的出版社。

如果不是唐菲替你卖身，你不是还在中学里吃着粉笔末儿教书呢吗？你们这都是些什么乱七八糟的关系啊想起来我就恶心！

恶心你就出去！尹小跳说。

出去就出去！尹小帆收拾了东西当真出去了。

此后的一年里她们不通消息。尹亦寻和章妩埋怨尹小跳不该和尹小帆唇枪舌剑，当尹小帆和尹小跳发生争吵时他们总是站在尹小帆一边的，“让着她”是他们不变的原则。他们从来不认为尹小跳和尹小帆已是两个成年人，两个成年人需要互相控制情绪和互相的尊重。而他们却总是说“让着她让着她让着她”，他们都知道些什么呀！尹小跳不言不语地望着她的父母，内心充满一种莫名的悲哀。

尹亦寻就给尹小帆打越洋电话。他装做什么也没发生似的说，小帆你怎么也不给家里来电话呀，我们都很想你。尹小帆就说为什么非得我给你们打电话呢，你们主动给我打一个电话就那么难？尹亦寻说从前你说过的，美国电话费便宜呀。尹小帆说便宜也是钱，再说你们过的也不是缺钱的日子，连电话费都舍不得花还说想我……尹小跳听见了这次的电话，尹小帆如此地顶撞尹亦寻使她又难过又解气，让事实说话吧，让事实来改变一下父亲母亲那“让着她让着她”的原则。

她要怎么做才能叫作“让着她”呢？她气愤。但她就像尹亦寻对待章妩一样，有时候会在最怨恨她的时刻生出最深厚的内疚。那真是一种无可名状的内疚之情，没有因果关系也不依照合理的逻辑，总之她内疚了，她终于给尹小帆打了电话。她告诉她，她要去美国开个会，尹小帆那时在美国吗？她很想在美国和她见面。

她们在美国见了面。会议结束后她从明尼阿波利斯飞到了芝加哥。初冬的天气，大风的芝加哥，却是醒脑清神的风啊，把人吹得彻骨的冰冷又彻骨的精神。密执安湖区那满地的金黄色落叶给尹小跳留下了难忘的印象，那不是些枯干的落叶，也不是凋零，不在人的脚下吱嘎作响，因为叶子们片片都是柔软，闪耀着富有弹性的细润的光泽，像绸缎，像无声的狂欢。

尹小帆对尹小跳表示了出乎她意料的热情，她是想要弥补一年前她那赌气的离开吧。当她远离了中国，回味她拽给尹小跳的那些令人伤心的话，她一定也有过瞬间的不安。她热烈地拥抱她的姐姐，当她们回到家里，尹小跳拿出尹小帆故意扔在国内不带走的意大利三色金的手链和“圣米高”遮阳帽时，尹小帆哭了，尹小跳也哭了。眼泪在这时是真实的，眼泪冲开了一些她们心中新的和旧的疙疙瘩瘩。尹小帆带尹小跳参观她的房子，并指给她她的房间。猫也出现了，这只被叫作白山羊的大白猫憨头笨脑地直在尹小跳跟前打滚儿。它是在欢迎尹小跳，而尹小跳是不喜欢猫的，况且它正在脱毛。但她觉得她应该让尹小帆高兴，就假装喜欢地伸手在白山羊下巴颏儿底下挠了两把。她知道尹小帆也是不喜欢猫的，但是戴维喜欢，戴维的喜欢也应该是尹小帆的喜欢，尹小帆于是就无条件地喜欢。

尹小跳在芝加哥只有两天时间，然后她还要去得克萨斯州的奥斯汀待几天，她告诉尹小帆说是一个朋友请她去的。两天太短了尹小帆说，但不管怎样她们毕竟有两天在一起的时间啊。尹小帆为此向公司请了两天假，她到处跟人说她的姐姐来了她要请假，儿时的情感似乎又回来了，她对尹小跳仍然有着一种她自己也弄不明白的思念。

她带尹小跳逛街，在梅赛斯百货公司她们互相给对方买东西。尹小跳送她一件长风衣，她送尹小跳一只皮包，她们又为章妩和尹亦寻买了一些东西。尹小帆不像尹小跳那么爱逛商店，逛起来那么废寝忘食那么耐烦，为了陪着尹小跳她付出了极大的耐心。逛累了她们就去咖啡店坐着，喝点儿什么吃点儿什么。她们一块儿去店里的洗手间，一个美国女人憋得要死要活一冲进来就放了一个那么嘹亮的大屁，尹小跳和尹小帆实在忍不住相视一笑。尹小帆说在美国这种粗俗的人多着呢，尹小跳说咱们这么议论她肯定能听见。尹小帆说我向你保证她不懂中文。互相听不懂语言其实也挺方便——你当面臭骂她没准儿他还以为你夸她呢。她们俩又一块儿笑起来。

她和尹小跳在湖边典雅的歌德街上散步，路过一间花店她走进去，一定要给尹小跳买一枝雪白的百合让尹小跳拿在手里。尹小跳觉得有点儿做作，但尹小帆的心意还是让她心里热乎乎的。她拿着清香四溢的百合走在歌德街上，一条毛发蓬乱的小狗从她们身边跑过去，狗的主人是个整洁清瘦的老太太。奇怪的是那小狗一边跑一边不断地回头，惹得尹小跳和尹小帆就也不断地看它。尹小帆说姐，我觉得这狗长得特像高尔基。她这比喻实在是出人意料，尹小跳怎么也想象不出一只小狗的脸如何会与高尔基相像。然而实在是像。就像是为了叫她们确认一下它和那名人的相像，它又回了一下头。尹小跳就忍不住大笑起来，她弯着腰，笑得几乎蹲在了地上。手中的百合差点儿叫她给揉皱了，尹小帆拉她拐进了一家名叫“大碗”的餐馆。在以后的很长时间里她们彼此都记着这次的散步：她们在歌德街上碰见了“高尔基”。

晚上戴维下班回来，三人一块儿去吃日本料理。流水样的时间啊流水样的安排，看上去一切都不错。很晚很晚尹小帆还在尹小跳房间里和她说话，很久很久她们没有什么私房话可讲了，这晚尹小帆先讲起了私房话：她的一两个短暂的情人。尹小跳就也讲起了那个邀她去得克萨斯的朋友麦克。

这朋友是个男的呀，尹小帆说。

是个男的，尹小跳说。我们在一次会上认识的，他的中文很好，在那次会上为我的论文发言做翻译。现在他在北京大学进修中文。

你喜欢他吗？尹小帆说。

尹小跳不说话。

那他肯定喜欢你。尹小帆说。

他太小了，比我小七岁呢他懂什么呀。尹小跳说。

尹小帆说，在这儿，能被比你小七岁的男人爱上是让人羡慕的。姐，我真的很羡慕你，而且没想到你这么……

风流。

尹小跳说我风流？我什么也没做啊。

尹小帆说他……麦克头发什么颜色眼睛什么颜色，你有照片吗？

尹小跳说我没照片，不过你可以和他通个电话，试一试他的中文，正好我也要告诉他我的航班，他说过要去机场接我。

她们就去给麦克打电话。都觉得有点儿要背着戴维，她们选择了这电话要在厨房打。尹小跳和麦克通了话，寒暄几句就在电话里介绍了尹小帆：一个中国人有那么好的英文，一个美国人有那么好的中文，他们通通话不是很有意思吗。于是尹小帆接过话筒开始和麦克讲话。

她坚持用英文和麦克交谈，一句中文也不讲。话筒里的麦克一定在称赞她的英文了，尹小跳看见她得意地笑着。她笑着，长篇大套地讲着英文，不顾尹小跳就在身边——也许就因为尹小跳在她身边，她才执意要用英文隔离开尹小跳和他们的交谈。那确是一种隔离，带着一点儿居高临下和不礼貌的野蛮。又似带着一种暗示，用这流畅悦耳的英文暗示尹小跳，这儿是美国，不管你和麦克将要产生什么样的关系，你也是一个不会说话的人你不会说话，你们不可能像我们这样地交流！她执意讲着英文，一边开心地打着手势，不时地哈哈一笑，就像她和麦克已经认识了一辈子。她的风趣幽默她的小聪明足以使这交谈生动而不枯燥。啊，为什么麦克你一定要会讲中文呢忘掉中文吧，不要试图用汉语告诉尹小跳“我爱你”！她执意讲着英文，也许已经在为麦克能用中文和尹小跳交谈感到沉不住气。尹小跳凭哪点能够和美国人交朋友啊，就凭她那点儿在飞机上要个吃喝，在大街上问个路，在商店里买个简单东西的，什么也不是的英文底子她怎么可能有美国朋友呢？不幸的是她就有了因为碰巧那美国人的中文好。这真有点儿应了中国那句俗话了：傻人有个傻福气！她于是就更加不能容忍麦克跟她讲中文了，耳不听为净吧，耳不听为净。不听就是不存在就是没有这回事；听了呢，一切就好像变得确凿了：一个美国人的声带里发出了中国话的发音，而那些好听的话不是说给她尹小帆，却是倾诉给旁边这个莫名其妙的尹小跳的，她无法容忍这个事实她也恼火自己竟是如此的脆弱。

她这场英文电话已经时间太长了，长到了尹小跳斗胆想要多心的程度。最后她总算把话筒从耳边拿开，往尹小跳眼前一伸说：麦克问你还有什么话要对他讲。

尹小跳不知为什么已经有点儿发怵再接过话筒了，尹小帆这主次颠倒的通话时间和她那俨然一副对待外人的口气——“麦克问你还有什么话要对他讲”使尹小跳只想到了一个词：冷酷。她没有再与麦克讲话的兴致，说不上自卑还是郁闷，她挂上了电话。

她们勉强地互道晚安回到各自房间，似都在竭力维持着还算体面的现状。

如果不是第二天早晨尹小跳出了一点儿差错，她的芝加哥之行也许能够圆满结束的，不幸的是她犯了一个小错误：这几天她来例假，她不小心弄脏了床单，很小的一片，五分钱人民币那么大的一片。起床之后她赶紧扯下床单去卫生间清洗，正碰上在里边刷牙的尹小帆。

一夜之间尹小帆的情绪忽然又变得烦躁起来，不知怎么手捧带着血迹的床单的尹小跳让她觉得十分不顺眼。她说姐你想干什么呀，尹小跳说我得把这个地方洗洗。尹小帆说不用你洗了，我洗衣服的时候一块儿洗。尹小跳说我还是洗了吧。尹小帆说放下放下你放下行不行。尹小跳说你为什么生这么大气？尹小帆说我不明白你为什么不用“ob”？我从来都是用“ob”的根本就弄不脏床单。尹小跳说我不是告诉过你我不习惯用卫生棉条吗。尹小帆说你怎么就不能习惯呀美国人都能习惯的事怎么你就不能习惯？尹小跳说我不是告诉你了吗我不习惯把卫生棉条往阴道里塞！尹小帆说可是你的带着小翅膀（尹小帆一时忘了汉语“护翼”一词）的卫生巾还是把床单弄脏了呀。尹小跳说对不起我弄脏了你的床单，但是用什么样的卫生巾是我的自由为什么我一定要用你指定的东西呢。尹小帆说不是我指定是家里就有，可是你不用。为了你的习惯不是我开着车专去超市给你买回来了吗。你把你的讲究从中国带到了美国我满足了你的讲究你还要我怎么样！尹小跳说你说得不错，我在有些方面是有点儿讲究，我早就知道你看不惯我的讲究，我的衣服我的旅行箱我的朋友我的工作都让你感到不愉快。你想让我说你的一切才是最好的是不足，连同你的猫你的“ob”，只要你推荐我就得张开双臂拥抱是不是。

戴维过来了，问尹小帆她们在说什么，尹小帆骗他说她们在议论国内的一个熟人。戴维看出了她们情绪的不正常，可他终究听不懂她们的对话。这就是语言不通的方便，她们可以当着戴维的面大讲阴道和“ob”。

尹小帆骗完了戴维又转向尹小跳说，你说得不错我就是不愉快。我的不愉快都是你带给我的，你！从前，我七岁的时候……

尹小跳知道，那个倒霉的“从前”又开始了，那个始终在心窝儿里折磨着她的“从前”又开始了。奇怪的是她已不像初次在国内听尹小帆提起时那么恐惧，似乎是场景的转换产生的古怪作用：即使再见不得人的事，当它脱离了事情的发生地，在遥远的陌生国度被提及，它竟然就不那么可怕了，陌生的地方最适合安放可怕的往事。所以尹小跳并没有被尹小帆的旧事重提所吓住，她甚至觉得她有勇气在这儿，伊利诺伊州的芝加哥，当着尹小帆的面从头至尾将那往事复述一遍并干脆告诉她我就是凶手。她的坦诚再细腻再充分也会被这无边无际的美国所淹没，因为美国没有兴趣关心或者谴责一个陌生的外邦人隐秘的罪恶，这会使她就像在说着别人的事：有点儿似真非假，冷静而又超然。这感觉是尹小跳的新发现，这新发现给了她一种超然物外的心境。也许这心境还算不上超然，但她在这时是冷静的，陌生的环境给了她陌生的冷静。她冷静地打断尹小帆说，我有一句憋了很长时间的话，今天我想把它告诉你：你别想再用“从前”吓唬我。

即使从前我的一切都是错的，也并不意味着你就是对的。

即使从前我的一切都是错的，也并不意味着你就是对的。

尹小帆肯定听见了这句话，这是一句让人记得住的话。

尹小跳提前离开了尹小帆的家，她打电话叫了出租车，提前七个小时就到了机场。是个雨雪交加的天气，尹小帆开车追到了机场。她很想跑上去抱住她的姐姐就像两天前她接她时那样地抱住，然后对她说我错了。她却没有勇气跑过去，一个名叫麦克的男人的影子在她眼前时隐时现。是的，麦克，尹小跳得到的难道不是太多了吗？她就是飞往麦克的城市的，她再次把尹小帆抛弃了。一种尖酸的悲凉袭上心头，尹小帆觉出了刹那间的恍惚。她是一个受害者，她从来就是一个受害者，孤苦伶仃无依无靠的，但她心中最深的痛苦不是这孤苦的状态，而是这状态的无以诉说终生也无以诉说。

名家点评

这部作品描绘了几位女性的群像，叙述了从“文化大革命”后期到九十年代这二十多年的历史。在这二十多年的过渡期里，尤其是七十年代初那段时期，人们的生活比较困苦，你的作品表现了那几位女性如何怀着希望为超越苦难而进行奋斗的历程。我认为，围绕一个女性群像进行写作的手法在日本的作家里不曾出现过，即便在世界范围内也是不多见的。我记得这部作品发表于一九九九年，是上个世纪末发表的作品，到目前已经十年了，如果让我在世界文学范围内选出这十年间的十部作品的话，我一定会把《大浴女》列入其中。

日本作家，诺贝尔文学奖获得者　大江健三郎

《大浴女》其实是够沉重的了。却原来一个人从生下来就承负着那么多自己和别人的包括上一代人的和社会的罪恶，这种种罪恶是混沌的，有的是自身的罪，有的是被认为的罪，其实不是罪。然而，把不是罪的认定为罪并要当事人承担罪责，这本身又成了大罪，罪恶感就是这样地无处不在！想到这一点读起来觉得惨然肃然。

作家，学者　王蒙

铁凝对怨羡情结和现代人格的近20年的持续探索，在尹小跳身上获得了一种凝聚。尹小跳比上述其他任何人物都更富戏剧性地经历怨羡情结的熬煎。她在12岁年纪就被投入负罪感的浓重阴影下，所有生活内容都成了这种体验的折光或变形。在这里，铁凝对怨羡情结和现代人格生成的关系有了新的辩证观察，发现了一种“怨羡情结辩证法”：一方面，怨羡情结的存在是现代中国人无法逃避的心理现实，他们身不由己地生存于这一体验之中，这是他们的不可逃避的宿命；而另一方面，这种心理现实的存在，又实际上可以推动或逼迫人以不断地自我反思和对话的方式深入探索内心世界，直到完成自我的人格建构，从而成为个人的完善而理想的人格追求得以实现的机遇。

北京师范大学教授　王一川

铁凝创作谈：

我喜欢笨这个词，拿它作了小说里的村名。这个村子既有我祖籍、冀中平原上一些村子的影子，也有我插队所在村子的影子。这是一些种棉花的地方，笨花是当地人对本地棉花的俗称，他们管棉花叫花，管本地棉花叫笨花。与之对应的是洋花，洋花是外国品种。“笨”和“花”这两个字让我觉得十分奇妙，它们是凡俗、简单的两个字，可组合在一起却意蕴无穷。如果“花”带着一种轻盈、飞扬的想象力，带着欢愉人心的永远自然的温暖，那么“笨”则有一种沉重的劳动基础和本分的意思在其中。我常常觉得在人类的日子里，这一轻一重都是不可或缺的。在“笨”和“花”的组合里，也许还有人类生活一种延绵不断的连续性吧，一种积极的、不懈的、坚忍的连续性。这种连续性本身就是有意味的，在有些时候，它所呈现的永恒价值比风云史本身更能打动我。

《〈笨花〉与我》

《人民日报》2006年02月16日

长篇

笨花（节选）

笨花、洋花都是棉花。

笨花产自本土，洋花由域外传来。

有个村子叫笨花。

第一章

1

这家姓一个很少见的复姓——西贝。因为这姓氏的少见，村人称呼起来反而觉得格外上口。这村名叫笨花，笨花人称这家为西贝家。

西贝家的院子窄长，被南邻居向家高高的后山墙影罩，向家的表砖墙便成了西贝家的一面院墙。于是村人对西贝家的院子也有了歇后语：西贝家的院子——一面儿哩（理），用来形容人在讲理时只说一面之词。站在向家房上往下看，西贝家的院子像条狭长的胡同，房门也自朝一面开着。受了两棵大槐树的笼罩，院子显得十分严谨。吃饭时，西贝家的人同时出现在这狭长的“胡同”里，坐在各自的房门口一字排开。他们是：最年长的主人鳏夫西贝牛；西贝牛的大儿子西贝大治；二儿子西贝小治，以及他们的妻室。再排开去是西贝家的第三代：长孙西贝时令，长孙女西贝梅阁，以及最小的孙子残疾人西贝二片。西贝家的第三代均为长子大治所生，小治无子女。这个次序的排列，从来有条不紊。他们或蹲或坐在各自的位置，用筷子仔细打捞着碗中的饭食。西贝家的饭食在村里属中上，碗中米面常杂以瓜薯，却很少亏空。大概正是这个原因，西贝家进餐一向是封闭式的。他们不在街上招摇，不似他人，习惯把饭端到街上去，蹲在当街一边聊天一边喝着那寡淡的稀粥。西贝牛主张活得谨慎。对西贝牛这个做人的主张，西贝全家没有人去冒失着冲破。

西贝牛矮个子瘪嘴，冬天斜披着一件紫花大袄，大袄罩住贴身的一件紫花短袄，一条粗布“褡包”紧勒住腰，使他看上去格外暖和，站在当街更显出西贝家生活的殷实。即使在夏天，西贝牛的紫花汗褂，纽扣也严紧。西贝牛外号大粪牛，这外号的获得，源于西贝牛的耕作观。西贝牛种田，最重视的莫过于肥料——粪，而粪又以人粪为贵。人粪被称为大粪，全家人也极尊重大粪牛的见识，遗矢时不是自家茅房就是自家田地，从不遗在他处。由于施肥得当，水也跟得上，西贝家的庄稼便优于全村了。当然，西贝牛的耕作秘密还不仅如此，他的耕锄、浇水规律可谓自成体系。这样，在西贝家耕作的不多田亩里，就收获了足以维持碗中餐的粮食和瓜菜。碗中餐丰裕了，大粪牛站在当街便可以俯视全村了。大粪牛的眼光是高傲的，他对村人在耕作上的弊病，历来是心中有数。其中最使他怜惜的是南邻居向家的耕作态势。向家虽然院墙高大，土地广阔，处事讲究时尚，有时还显超前，但对土地却懈怠，全家人常忙于自己，置土地于不顾。对此，大粪牛只看在眼里记在心里，并不开口或批评或建议，大粪牛是一位缄默的庄稼人。

西贝牛的大儿子西贝大治，长相不似西贝牛，他体格高大，头部却明显偏小，前倾的脖子，赤红的双颊，使人想到火鸡。当地人把火鸡叫作变鸡，变鸡不在家中饲养，那是闹市上卖野药的帐篷里的观赏物。那时卖药人在篷中摆张方桌，方桌上罩块蓝洋布，火鸡便站在蓝洋布上实施着脸色的变化，忽红忽绿。火鸡是帐篷的中心，卖药人站在火鸡旁边喊着："腰疼腿疼不算病，咳嗽喘管保险……"火鸡是个稀罕，这个稀罕俯视着患者，给患者以信心。大治的脸像火鸡，行动也像火鸡，走路时两条长腿带动起滚圆的身子，一颠一颠。但他不笨，会使牲口，西贝牛的诸多种田方案，主要靠他实施。西贝大治冬天也披一件紫花大袄，但里面不再套短棉袄，而是一件浸着油泥的白粗布汗褂，突出的肚子把汗褂绷得很紧。大治会使牲口，还会喂牲口，家里的一匹黑骡子，让他喂养得比高血马还壮大。这骡子十分温顺、勤勉，完成各种差事常常一溜小跑。它拉水车，水车便有超常的转速，丰沛的水在垄沟里汹涌。而南邻向家浇地时，两挂水车的水势汇在一条垄沟里，水仍然是萎靡不振。大治相貌不似父亲，但做派像，也是少言寡语，遇事心中有数。和乡亲对话时，常操着一副公鸭嗓儿做些敷衍，用最简单的回答方式，应付着对方复杂的问话。你说，今年雨水大晴天少，庄稼都长了腻虫，快晴天吧。大治准敷衍着说：“嗯。”你说，今年不下雨，旱得庄稼都“火龙”了，快阴天吧。大治准也说：“嗯。”那声儿就像鸭叫。

大治的兄弟小治，性格和长相与父兄都不同，他中等个儿，梆子头，一双眼睛看上去有点斜视，但视力超常。小治种田显得随意，像个戏台上的票友，挂牌出场、摘牌下场，任其自愿。处事谨慎的西贝牛，却不过多计较小儿子的劳作态度，于是小治就发展了另外的兴趣。他打兔子，且是这一方的名枪手。打兔子的枪手们，虽然都是把枪口对准兔子瞄准射击，却又有严格的技术差别和道德规范，即打“卧儿”不打“跑儿”，打“跑儿”不打“卧儿”。“卧儿”指的是正在安生着的兔子；“跑儿”是指奔跑着的兔子。这个严格的界限似联系着他们的技法表演，也联系着他们的自尊。小治是打“跑儿”的。深秋和冬天，大庄稼被放倒了，田地裸露出本色。打兔子的人出动了，他们肩荷长筒火枪，腰系火药葫芦和铁砂袋，大踏步地在田野里开始寻找。这时，也是兔子们最慌张的时候——少了庄稼它们也就少了藏身之地。它们开始无目的地四处奔跑。唯一使它们感到少许安慰的，是它们灰黄的毛色和这一方的土地相仿。于是在一些兔子奔跑的时候，另一些兔子则卧进黄土地里碗大、盆大的土窝，获取着喘息的机会。这样就有了“跑儿”和“卧儿”之分。小治在秋后的田野里大踏步地寻找，他那双看似望天的斜视眼，却能准确地扫视到百米之外奔跑着的离弦箭似的兔子。有“跑儿”出现了，小治立时把枪端平，以自己的身体为轴心开始旋转着去瞄准猎物。当枪声响起时，就见百米之外的猎物猛然跃身一跳栽入黄土。这时，成功的小治并不急于去捡远处的猎物，他先是点起烟锅儿抽烟。他一边抽着烟，一边四处张望，他是在研究，四周有没有观赏他“表演”的人。枪响时，总能吸引个把观赏者。当小治终于发现有人正站住脚观赏他的枪法时，才在枪托上磕掉烟灰，荷起猎枪，带着几分不经意的得意，大步走向已经毙命的猎物。他弯腰捡起尚在绵软中的毛皮沾着鲜血的兔子，从腰里拽出根麻绳，将兔子后腿绑紧，再把它挂上枪口，冲着远处的观赏者搭讪两句什么，竭力显出一派轻松和自在。黄昏时小治还家，总有两三只“跑儿”垂吊在他的枪筒上，此时“跑儿”们身上的鲜血已被野风吹成铁锈色，身子也变得硬挺。

小治还家了，终日安静着的西贝家常会在这时传出一片喧闹。这喧闹不是为了小治的胜利归来而欢呼，那是小治的内人——一位平时在西贝家不显山水的女人在房顶上的叫骂，她面朝东北，很有所指地骂起来。她在骂一个女人，大意是说，小治本应该有多一只兔子带回家的，现在却少了一只。那少了一只的兔子是小治路过村北的小街套儿坊时，隔墙扔给了一个名叫大花瓣儿的寡妇，这寡妇常年吃着小治的兔子，和小治靠着。这大花瓣儿便住在笨花村“阴山背后”、面朝野外的套儿坊。小治内人的骂，先是指桑骂槐式的旁敲侧击，到最后则变成单刀直入且加重语气的破口大骂。她骂那女人——大花瓣儿，因为两腿之间抹了香油，男人们才顺着香味儿奔进她家。她说，吃小治的死兔子不如让小治给逮一只活兔子，活兔子那物件儿尖，性也大，专治浪不够的女人。最后她常用嚎啕大哭结束这场无人还击的叫骂。也只在哭声从房顶上传下来时，作为一家之主的西贝牛才站在当院开始发话。他冲着房顶上喊：“想叫街哟，你！还不滚下来添锅做饭！”

果然，西贝牛的吼声使房上的哭声戛然而止。少时，西贝家的风箱响起来，烟囱里的炊烟升起来……小治的内人是务厨的主力，而被她称作大嫂的大治的内人只是个帮厨的角色。当月亮升起来，西贝一家又在各自屋门口一字排开吃饭时，院里又恢复了以往的平静。一家人只呼呼地喝着碗里的粥，就着堆在碗边以内的一小撮咸菜。小治枪口上的猎物并不是他们全家的吃食，两只兔子（或一只）仍然吊在枪口上，第二天小治将要到集上卖掉兔子换回枪药和铁砂。

西贝全家都意识到小治往大花瓣儿家扔兔子，实在是这个和睦殷实之家的一个不大不小的弊端，但西贝牛从不追究小治的行为，也不四处打听去证实这件事的真伪。

小治的打兔子继续着，小治媳妇晚饭前房顶上的叫骂也继续着。日子久了，那叫骂就像是西贝家晚饭的一个序曲，又好比西贝家一个固定的保留节目。少了这个序曲，西贝家的晚饭就迟迟不能开出；少了这个节目，西贝家的一天就不能说过得圆满，此时的笨花村便也仿佛少了点什么。小治不理会女人的叫骂，只待晚上和媳妇上炕后才对着房梁说："不论谁抹香油都能招男人？"要不就说："男人都是冲着香油去的？知道什么呀你！再说，你看见我扔兔子啦？"媳妇说："就是，就是看见啦，咱二片看见啦。"小治说："哼，二片……"

西贝牛的小孙子，西贝大治的小儿子西贝二片，这年虚岁十二，胎里只带出一条半腿，另外半条腿在膝盖以下消失了，只留下像擀面杖似的一截秃头。这秃头上还努出一个脚趾头，脚趾上也长了趾甲。那确是人的一枚小脚趾头。西贝二片走路在地上蹭着走，只在必要时他才蹿起来用一条腿跳跃。村里没有他蹭不到的地方，也没有他不了解的事。西贝二片蹭着走路，视点就低，偏低的视点所到之处常是女人的胯下。有时他还向女人的胯下发起冲击，或用棍子，或用一把土。女人们都把西贝二片看作自己的天敌。但西贝二片冲击的女人，只局限于刚嫁到笨花的新媳妇。他常对人宣称他知道所有笨花村新媳妇的那地方什么样，因为他常把她们堵在茅房里看。叔叔小治给大花瓣儿扔兔子的事，就是他说给他的婶子，小治媳妇的。

西贝全家默认着小治的行为，也默认着小治女人叫骂的合理性。只有西贝梅阁对此另有见地。当西贝小治媳妇叫骂之后倚住灶坑做饭时，梅阁就说："婶子，听我一句吧，咱们都是上帝的罪人。人世间的事，不论善恶，唯有上帝才会作铺排，婶子往后就别上房了。"

西贝梅阁举出上帝来说服小治媳妇，因为她信基督，西贝家也只有她识文断字。十六岁的梅阁，六岁时就跟前街刘秀才学识字，后来又跟南邻家的向文成大哥念实用白话文，在县里上简易女师的时候迷上了基督教。当时有位瑞典牧师来县城传教，这基督教义使梅阁着了迷。她坚信上帝的存在，她有许多心事，从不告诉家人，只递说上帝。现在她虽然还没有受洗，却觉得自己离上帝越来越近。不过，西贝梅阁对婶子的规劝，并没有止住婶子对大花瓣儿的叫骂。梅阁常在这时躲进自己屋里对着炕角流眼泪，只想着自己的软弱，软弱得连婶子也说不服。要克服这软弱，还得求主帮助。这时只听爷爷西贝牛在院里没有人称地喊："还不出来给牲口煮料，人吃饱了，还有牲口哪！"

随着西贝牛的喊声，梅阁就听见开门出来煮料的又是婶子。煮料是把黑豆和高粱一起放在锅里煮。喂牲口的人要把煮熟的料和切碎的干草拌起来给牲口吃。西贝家人吃得饱，牲口也吃得饱。片刻，风箱响起来，煮熟一锅料，比做一顿饭也不省工夫。西贝梅阁伴着风箱"夸嗒夸嗒"的响声睡着了，西贝家也从黄昏进入黑夜。

2

笨花村的黄昏不只属于西贝家，那是一整个笨花村的黄昏。

黄昏像一台戏，比戏还诡秘。黄昏是一个小社会，比大社会故事还多。是有了黄昏才有了发生在黄昏里的故事，还是有了黄昏里的故事才有了黄昏？人们对于黄昏知之甚少。

笨花村的黄昏也许就是从一匹牲口打滚儿开始的：太阳下山了，主人牵着劳作了一天的牲口回村了。当人和牲口行至家门时，牲口们却不急于进家，它们要在当街打个滚儿。打滚儿是为了解除一天的疲劳，打滚儿是对一整天悲愤的宣泄。它们在当街咣当一声放倒自己，滚动着身子，毛皮与地皮狠狠摩擦着，四只蹄脚也跟着身子的滚动蹬踹起来，有的牲口还会发出一阵阵深沉的呻吟。这又像是对自己的虐待，又像是对自己的解放。这时牵着牲口的主人们放松手里的缰绳，尽心地看牲口的滚动、摔打，和牲口一起享受着自己于自己的虐待和解放，直到牲口们终于获得满足。大多有牲口的人家，门前都有一块供牲口打滚儿的小空地，天长日久，这个小空地变做一个明显而坚硬的浅坑。西贝家和向家门前都有这样的浅坑。

牛不打滚儿，打滚儿的只有骡子和驴。

西贝家牵牲口打滚儿的是牲口的主人西贝牛或者他的大

儿子西贝大治。向家牵牲口打滚儿的本应该是牲口的主人，年龄和西贝牛相仿的向喜，或者向喜的大儿子向文成。但向喜和向文成都不牵牲口打滚儿，他们各有所忙。家里养牲口，他们却离牲口很远，只把牲口交给他们的长工，长工倒成了牲口的主人。

西贝家有一匹骡子。向家由两匹骡子，一匹大骡子一匹小骡子。其实大骡子不老，小骡子不小。拉车时大骡子驾辕，小骡子跑哨。浇地时两匹骡子倒替着拉水车。

打完滚儿的牲口故意懒散着自己从地上爬起来，步入各自的家门，把头扎进水筲去喝水。它们喝得尽兴，喝得豪迈。再小的牲口，转眼间也会喝下一筲水。

向家的两匹骡子在门前打完滚儿，进了家，喝光两筲水，显得格外安静。它们被任意拴在一棵树上，守着黄昏，守着黄昏中的树静默起来。再晚些时候，长工才会把它们拴上槽头喂草喂料。

牲口走了，空闲的街上走过来一个鸡蛋换葱的，他以葱换取笨花人的鸡蛋。以鸡蛋换葱的买卖人并非只收鸡蛋不收钱，因为村里人缺钱，卖葱人才想出了这个以物易物的主意，笨花有鸡蛋的人家不在少数。久而久之，卖葱人反而像专收鸡蛋似的，连吆喝也变得更加专业。他推一辆小平车，车上摆着水筲粗细的两捆葱，车把上挂个盛鸡蛋的荆篮。他一面打捋着车上的葱脖儿、葱叶，一面拉出长声优雅地吆喝着：“鸡蛋换……（呜）葱！”随着喊声，来换葱的人陆续出现了，她们大多是家里顶事的女人。女人在手心里托个鸡蛋，鸡蛋在黄昏中显得很白，女人倒显得很模糊。她们把洁白、明确的鸡蛋托给卖葱人，卖葱人谨慎地掂掂鸡蛋的分量，才将鸡蛋小心翼翼地放入荆篮。一个鸡蛋总能换得三五根大小不等的葱。女人们接过葱，却不马上离开，还在打葱车的主意，她们都愿意再揪下一两根车上的葱叶作为“白饶”。卖葱人伸出手推挡着说：“别揪了吧，这买葱的不容易，这卖葱的也不容易。”买葱的女人还是有机会躲过卖葱人的推挡，揪两根葱叶的。她们攥紧那“白饶”的葱叶，心满意足地往家走，走着，朝着“白饶”的葱叶咬一口，香甜地嚼着，葱味儿立刻从嘴里喷出来。女人拿鸡蛋换葱，揪卖葱人两根葱叶显得很自然。

西贝家不拿鸡蛋换葱，他们珍惜鸡蛋，地里也种葱。向家拿鸡蛋换葱，向家出来换葱的多半是向文成的媳妇秀芝。秀芝换葱不揪葱叶。她不是不稀罕近在眼前的葱叶，她是觉得磨不开。但对于鸡蛋大小的认可，有时她也和卖葱人的看法不一。卖葱人说向家鸡蛋小，当少给其葱，秀芝就说，这鸡蛋不小，别少给了。最后，卖葱人把秀芝已经拿在手中的葱左换右换，终是把大的换成小的。秀芝也不再争执，心想，天天见哩，随他去吧，吆喝半天也不容易。

一个卖烧饼的紧跟着卖葱的走过来。这是邻村一位老人，他步履蹒跚，挖个大柳编篮子。一块白粗布遮盖着篮子里的货物，这盖布被多油的烧饼浸润得早已不见经纬。老人喊："酥糖……（吔）烧饼！"老人篮子里有烧饼两种，代表着当地烧饼的品种和成色。这里的烧饼以驴油做酥面，与水和的面层层叠叠做成。酥烧饼带咸味儿，一面沾着芝麻粒儿；糖烧饼也酥，却以甜见长，不沾芝麻，只钤以红色印记。买主来了，老人掀开盖布，和买主就着暮色一同分辨着酥的和糖的。但他决不许买主直接插手——那酥货娇气。他的辨认从不会有误，篮子里次序有致。笨花村吃烧饼的总是少数，因此老人眼前的顾客就不似鸡蛋换葱的活跃。但老人还是不停地喊着，这常常使人觉得他的喊声和生意很不协调。他的嗓音是低沉中的沙哑，倒把卖葱人的喊声衬托得格外嘹亮。卖烧饼的老人在向家门前喊着，他是在喊一个人，便是向喜的弟弟、向文成的叔叔向桂，先前他买烧饼吃。黄昏时笨花人常看见人高马大的向桂走到卖烧饼的跟前，从口袋里抻出一张票子，豪爽地放到老人篮子里，拿几个糖的，再拿几个酥的，迫不及待地张嘴就吃。卖烧饼的最愿意遇见向桂这样的顾客，他们不挑不拣，不计较烧饼的大小，有时甚至还忘了找钱。可惜向桂已经离开笨花在县城居住，但卖烧饼的老人还是抱着希望，一迭声地试探着，希望能喊出从城里回来探家的向桂。当他的希望最终变成失望，他停止了吆喝在向家门前消失后，大半是一个卖酥鱼的出现了。卖酥鱼的不是本地人，他操着邻县口音。邻县有一个季节湖叫大泊洼，洼里专产一种名为小白条的鱼，大泊洼也就有了卖酥鱼的买卖人。笨花人都知道大泊洼的人“暄”，不似本地人实在。卖鱼人在笨花便也不具威信，他们来笨花卖鱼时就更带出些言过其实的狡黠。

笨花村吃鱼的人是凤毛麟角，单只向家有人嗜好鱼腥儿，就是向喜的女人，向文成的母亲同艾。那是她跟随丈夫向喜在外地居住时养成的一种习惯，一种“派”。同艾先是跟向喜住在保定城东小金庄，吃保定府河和白洋淀里的鲫瓜、鲤鱼，那是向喜由保定武备学堂毕业后，进入北洋新军期间。后来她又跟向喜在湖北吃洞庭湖里的胖头鱼，那是向喜驻防城陵矶期间。之后她还吃过沿长江顺流而下的洄鱼，那是向喜驻防湖北宜昌期间。再后来她还吃过产自吴淞口三夹水的腌黄鱼，那时向喜在吴淞口，正统领着驻扎于吴淞口的陆军和海军。从同艾的吃鱼历程可以看出她经历的不凡，还可看出同艾的丈夫向喜本是一位行伍之人，她的吃鱼经历似也代表着向喜在军中的经历。虽然，几年以前向喜的行伍生涯已成历史，但向家门檐下的匾额仍然清楚记载着向喜在军中的位置。有块朱底金字的匾额，上书：干城众望。上款为：贺向中和先生荣膺陆军第十三混成旅少将旅长；下款为：中华民国十一年笨花村乡眷同敬贺。向中和便是向喜，向喜从戎后就不再叫“喜”，他为自己取名为向中和。

这个黄昏，同艾受了卖酥鱼叫喊的吸引，掏出一张老绵羊票让秀芝去买鱼。同艾吃鱼纯属个人嗜好，如同人的抽烟、喝酒。逢买鱼，她一向动用体己。秀芝为同艾买回半碗酥鱼，那一拃长的酥鱼在碗中一字排开，金灿灿的倒也可爱。同艾看见鱼，迫不及待地伸出筷子便尝，但那入口的东西却并不像鱼，像什么？同艾觉得很像煮熟的干萝卜条，才知受了坑骗。她也不责怪秀芝，端起碗就去追那个卖酥鱼的。那卖酥鱼的已经不见踪影，墙根儿只剩下一个卖煤油的。卖煤油的知道向家太太同艾受了骗，愤愤然道："人不济，还敢在这儿久留？"同艾本来是要冲着卖鱼人的去向大骂几句的，同艾心里自有骂人的语言。不过当她一想到邻居西贝家小治媳妇骂人举止的不雅，还是把脏话咽了回去。同艾在人前是注重行为举止的，平时她说话斯文，语言多受着外地的感染。她操一口夹带官话的本地话，笨花人说"待且"，她说"待客"；笨花人说"看戏"，她说"听戏"；笨花人说"喝茶"，她说"吃茶"。受了骗的同艾总算把就要出口的骂又咽进肚里，只对卖煤油的说："才相隔几十里，怎么就不知道认个乡亲。"她说的还是那个卖鱼的。卖煤油的就说："出了名的暄。"他说的也是那个卖鱼的。同艾的气还是再次涌上来，气着，把半碗酥鱼泼到当街，奔回家中。院里，儿子向文成正站在廊下擦灯罩，他一边冲灯罩哈着气一边说："这才叫萝卜快了不洗泥呢。鲜萝卜倒有个顺气理肺的功能，这干萝卜条比柴火棍子也强不了多少。"同艾接上向文成的话，也才把那卖酥鱼的骂了声"黑心贼"，说，黑心贼快遭天打五雷轰了。她骂着，骂里却又带出一串笑来。向文成又说："那大泊洼的鱼也能叫鱼？即便是真鱼，比个蚂蚱的养分也强不到哪儿去。”同艾的儿子向文成是个读书人，但他幼年遇到灾病，一只眼已经失明，另一只眼仅残存着微弱视力。仿佛就因了视力不强，向文成便分外注意对灯罩的擦拭。他冲灯罩哈一次气，擦拭一次；再哈一次气，又擦拭一次，直至他确认那灯罩一尘不染。向文成和同艾说着鱼和蚂蚱的养分，门外又传来卖煤油的吆喝声。卖煤油的喊：“打洋……（吔）油！”他在喊秀芝，秀芝不出来打油，卖煤油的横竖是不走。他偎住墙根儿，把自己鞧在一件紫花大袄里，他眼前是一只长满铁锈的膝盖高的方油桶。如果在天亮，可以清楚地看到油桶上凹陷的字样：美孚油行。这只有着美孚油标志的原装桶上摆放着两个提，一个为一两，一个为半两。向家的每盏灯里，隔长补短要添足半两煤油。秀芝走过来，把灯举到卖油人跟前，也不必说话，卖油人就把煤油一提一提地提入向家的油灯里。秀之则把早已备好的零钱递过去。向家与卖油人的交易最为简洁，无须挑拣，对分量也不存争议。洋油产自美孚油行，想掺水也掺不进去，不似卖酒的。

就在卖油人将煤油提入秀芝的油灯时，一个人影儿正从东向西飘忽过来。这人个子偏矮，紫花大袄的前大襟被他掀起一角掖入腰间的褡包，一杆旱烟袋搭在肩上，烟袋的后边连着火镰和烟荷包。他走起路来身轻若燕，宛若戏台上的短打武生。每天的这时，他都要移动着碎步从笨花的最东头走向最西头。每天他都要从卖煤油的油桶前走过，每天煤油桶前都有打油的。每天打油的跟前都站着秀芝，每天秀芝看见他就像没看见。转眼间他的脚步所到之处就是笨花一条街。这时街上的闲人多起来，他们像专门等待着这个时刻，专门等待着这人的到来。或许这才是笨花村真正的黄昏。

这人叫五存，他这习惯性行为使他得了个绰号叫“走动儿”。此时走动儿正敦促着自己往一户人家赶，这户人家有个正等待他的女人。走动儿没有办法阻止住自己这每天黄昏时的走动儿。如果男女之间有一种见面叫作幽会，那么这就是幽会了。所不同的是，在这场幽会里已没有任何秘密而言。一街的人都在等待着这个几分浪漫、几分刺激的时刻，等待这个时刻的人里也包括了那女人的丈夫和儿子。女人的丈夫叫元庆，也姓向，是个胡子连着鬓角的驼背。女人的儿子叫奔儿楼，奔儿楼上学，刚念小学四年级，却写得一手好字。过年时他写半个村子的春联，近两年向家写对联也找奔儿楼。元庆自家门上也贴着奔儿楼写的对联，这对联每年都是“又是一年春草绿，依然十里杏花红”。

走动儿来了，走动儿走到奔儿楼家门口，紫花大袄擦着或新或旧的对联“潜入”奔儿楼家。这时元庆和奔儿楼便从家里“溜”出来，元庆扎个人堆，和大伙儿一起海阔天空起来；奔儿楼只靠在自己所写的对联上等待走动儿的离去：“又是一年春草绿，依然十里杏花红。”半顿饭的工夫吧，走动儿走了。奔儿楼便像个探子一样从人群里喊出元庆，二人一起回家。至此，笨花街上才变得鸦雀无声。黄昏结束了。

谁也不知道奔儿楼家的事是怎样发生、发展、运作的，懂得自重的笨花人，谁也不去了解和打探，他们只在等待新的黄昏的到来。

秀芝买回煤油，把几盏灯摆在院里的红石板桌上。向文成还在擦灯罩，他冲着灯罩哈一阵子气，再把块搌布塞进去，旋转着擦拭一阵，然后拽出搌布，把灯罩举到眼前对着天空照。其实天早就黑暗下来，星星早已布满天空，但向文成仍然举着灯罩对着天，他的照看不再是照看，那已经变成一种感觉。他是一个视力无比微弱的人，微弱到看不见夜空里的星星，更看不见灯罩上的烟尘。可他的感觉无比准确，他最愿意这个能够放射光明的玩意儿一尘不染。黄昏时收捡全家灯罩的永远是向文成。

向文成擦完灯罩，把灯罩一一扣在注满煤油的灯座上，并不急于点燃。他对着满天的星星不说油灯，单说电灯。他说，电灯的原理，就是靠了两极的接触，电有阴极、阳极，两极相吸才能生电，同性则相斥。汉口南洋兄弟烟草公司的霓虹灯有两丈高，晚上光彩夺目，也是靠了两极的原理。向文成的说电，说电灯，仿佛是自言自语，又仿佛是在演讲；仿佛是说电灯原理，又仿佛说的是别的什么。

刚才厨房里一直有风箱声，现在风箱声停了，向家该点灯了。

向家点起了灯，一个黄昏真的结束了。

名家点评

《笨花》是铁凝文学写作的一次大总结，一次集大成。这部作品关涉到20世纪以降中国社会最深刻的变革和中华民族最深重的灾难，但如此宏大的主题却是通过华北平原的一个山村里日常生活的肌里展示出来。书名暗示了作者的追求，“笨”与“花”的组合就是笨重与轻柔的组合，而小说通过一个山村的故事将伟大与平凡、国事与家事、历史意义与生活流程融为一体。因此《笨花》这棵大树值得我们认真观察，它的每一片叶子都折射着阳光。

沈阳师范大学中国文化与文学研究所副所长　贺绍俊

这是一部与铁凝既往的长篇小说面目完全不同的作品。从其根本的艺术品质来判断，断言铁凝的《笨花》与作家此前的长篇小说相比发生了一种脱胎换骨式的变化，应该说是并不为过的。如果说《玫瑰门》与《大浴女》更多地将艺术的聚焦点投射向了对于人性中恶与丑的一面的挖掘与审视，那么《笨花》则将艺术的聚焦点更多地投射向了人性中善与美的一面，并且极其令人信服地在这善与美的表现过程中展示出了人性中正面力量的充沛与伟大……在《笨花》的写作过程中，铁凝向自我发出了具有相当难度的艺术挑战。但也正是在应对这一难度很大的自我艺术挑战的过程中，铁凝的小说创作于有意无意间踏入了一种如王国维所言“眼界始大，感慨遂深”的全新的艺术境界之中。

山西大学文学院教授　王春林

附录
铁凝作品创作大事记年表

1975年6月

作品：

《会飞的镰刀》（处女作短篇）被收入北京人民出版社出版的儿童文学集《盖红印章的考卷》。

1977年

作品：

《火春儿》（短篇），《河北文艺》第3期

《蕊子的队伍》（短篇），《河北文艺》第9期

《丰收纪实》（组诗），《天津文艺》第10期

1978年

作品：

《夜路》（短篇），《上海文艺》第5期

1979 年

作品：

《丧事》（短篇），《河北文艺》第 2 期

《不用装扮的朋友》（短篇），《河北文艺》第 11 期

1980 年

作品：

《灶火的故事》（短篇），《天津日报·〈文艺〉增刊》第 3 期

《小路伸向果园》（短篇），《河北文学》第 10 期

作品集：

《夜路》（第一本短篇小说集）由百花文艺出版社出版

1981 年

作品：

《罗薇来了》（短篇），《莲池》第 1 期

《渐渐归去》（短篇），《河北文学》第 3 期

《绿耳朵》（短篇），《莲池》第 5 期

1982 年

作品：

《两个秋天》（短篇），《莲池》第 1 期

《我有过一只小螃蟹》（散文），《散文》第 3 期

《生活给予我的》（散文），《花山》第 3 期
《我愿意发现她们》（创作谈），《青年文学》第 5 期
《那不是眉豆花》（短篇），《河北文学》第 5 期
《哦，香雪》（短篇）发表于《青年文学》第 5 期，后该小说获首届（1982—1983）“青年文学创作”奖（获奖名单公布在《青年文学》1984 年第 6 期上）及全国优秀短篇小说奖。
《短歌》（短篇），《人民文学》第 7 期
《红屋顶》（第一部中篇），《朝花》第 8 期

1983 年

作品：
《没有纽扣的红衬衫》（中篇）发表于《十月》第 2 期，后该小说获得第三届（1983—1984）全国优秀中篇小说奖及十月文学创作奖。1985 年由该小说改编的电影《红衣少女》获 1985 年第五届中国电影金鸡奖·最佳故事片奖、第八届大众电影百花奖·最佳故事片奖及文化部优秀故事片奖。
《东山下的风景》（短篇），《长城》第 3 期
《山野的呼唤》（散文），《青年文学》第 3 期
《穿过大街和小巷》（短篇），《莲池》第 5 期
《洗桃花水的季节》（散文），《人民日报》6 月 3 日

1984年

作品：

《生活的馈赠》（散文），《萌芽》第1期

《远城不陌生》（中篇），《小说家》第1期

《六月的话题》（短篇）发表在《花溪》第2期，获全国优秀短篇小说奖。

《村路带我回家》（中篇），《长城》第3期

《不动声色》（中篇），《小说界》第4期

《我的小传》（散文），《人民文学》第4期

《构思》（短篇），《人民文学》第4期

《月亮伴星星》（短篇），《文学青年》第4期

《美从东方来》（报告文学），《长城》第5期

《大事常起于小节》（短篇），《鸭绿江》第9期

《套袖》（散文），《文汇报》2月29日

《我从南方回到北方》（散文），《中国青年报》7月14日

作品集：

中短篇小说集《没有纽扣的红衬衫》由中国青年出版社出版

中篇小说单行本《红屋顶》由宁夏人民出版社出版

1985年

作品：

《杯水风波》（短篇），《北京文学》第3期

《银庙》（短篇），《人民文学》第 3 期

《自由与限制同步》（散文），《青春》第 3 期

《请你相信》（短篇），《女子文学》第 4 期

《信之谜》（短篇），《长城》第 5 期

《四季歌》（短篇），《小说月报》第 8 期

《豁口》（短篇），《小荷》第 11 期

《今后的日子》（短篇），《文汇报》4 月 22 日

《林肯中心之魂——访美琐记》（散文），《人民日报》10 月 25 日

《想起阿尔那张床》（散文），《文艺报》11 月 30 日

作品集：

中短篇小说集《铁凝小说集》由花山文艺出版社出版

1986 年

作品：

《近的太阳》（短篇），《人民文学》第 1 期

《胭脂湖》（短篇），《天津文学》第 2 期

《错落有致》（短篇），《中国作家》第 3 期

《没有梦的旅行——访美琐记》（散文），《小说家》第 3 期

《只言片语》（创作谈），《钟山》第 5 期

《麦秸垛》（中篇），《收获》第 5 期，获 1986—1988 年《中篇小说选刊》优秀作品奖。

《来了，走了》（短篇），《钟山》第 5 期

《〈四季歌〉题记》（散文），《散文世界》第 9 期

《女人的白夜》（散文），《散文》第 11 期

《灯之旅》（短篇），《人民日报》2 月 21 日

《空中朋友》（散文），《河北日报》8 月 29 日

1987 年

作品：

《木樨地》（中篇），《长城》第 1 期

《闰七月》（中篇），《新苑》第 1 期

《色变》（短篇），《河北文学》第 1 期

《晚钟》（短篇），《河北文学》第 1 期

《我的自传》（散文），《新苑》第 1 期

《夏日追忆》（散文），《青年文学》第 1 期

《长河落日篇》（短篇），《河北文学》第 1 期

《老丑爷——长河落日篇之四》（短篇），《百花洲》第 4 期

《死刑——长河落日篇之六》（短篇），《长城》第 5 期

《正定三日》（散文），《深圳特区报》1987 年 1 月 6 日—1 月 8 日

《三丑爷》（短篇），《人民日报》（海外版）4 月 27 日

作品集：

中短篇小说集《哦，香雪》由中原农民出版社出版

1988年

作品：

《玫瑰门》（第一部长篇），《文学四季》创刊号

《浮动——长河落日篇之七》（短篇），《长城》第2期

《优待的虐待及其他》（散文），《文学角》第6期

《申跃中的故事》（散文），《文论报》第25期

《我们与保定》（散文），《中国文化报》3月23日

译文版：

西班牙文版《没有纽扣的红衬衫》（单行本）由西班牙马德里教育出版社出版

1989年

作品：

《遭遇礼拜八》（短篇），《长城》第1期

《棉花垛》（中篇），《人民文学》第2期

《〈第四十一〉梦》（散文），《散文世界》第2期

《无忧之梦》（短篇），《河北文学》第3期

《云晴龙去远》（散文），《文艺报》2月11日

《我的两位老乡》（散文），《河北日报》11月16日

作品集：

长篇小说《玫瑰门》由作家出版社出版

译文版：

繁体版小说集《没有纽扣的红衬衫》由台北新地出版社出版

英文版小说集《麦秸垛》由中国文学出版社出版

1990 年

作品：

《山不在高——贾大山印象》（散文），《长城》第 1 期

《面包祭》（散文），《文汇月刊》第 1 期

《真挚的做作岁月》（散文），《小说家》第 1 期

《三月的一个晚上在福州》（散文），《散文》第 3 期

《麻果记》（散文），《人民文学》第 3 期

《又见香雪》（散文），《艺术世界》第 3 期

《哀悼在大年初二》（短篇），《小说界》第 3 期

《遭遇凤凰台》（短篇），《长城》第 3 期

《我要执拗地做诗人》（外一篇）（散文），《十月》第 3 期

《被荒唐证实着的传说》（散文），《十月》第 3 期

《书的等级》（散文），《北方文学》第 4 期

《告别伊咪》（散文），《小说林》第 6 期

《草戒指》（散文），《当代》第 6 期

《河之女》（散文），《青年文学》第 8 期，获第三届《青年文学》创作奖。

《与陌生人交流》（散文），《北京文学》第 8 期

《床的歌》（散文），《河北文学》第9期

1991年

作品：

《我的失踪》（短篇），《青年作家》第1期

《你的微笑使我年轻》（散文），《长城》第1期

《沉淀的艺术和我的沉淀》（散文），《随笔》第1期

《心灵的牧场》（散文），《文学自由谈》第2期

《埋人》（中篇），《小说家》第5期

作品集：

第一本散文集《草戒指》由百花文艺出版社出版

中短篇小说集《遭遇礼拜八》由华艺出版社出版

1992年

作品：

《孕妇和牛》（短篇）发表于《中国作家》第2期，获1992年《中国作家》优秀小说奖、《十月》文学奖、第五届（1991—1992）《小说月报》百花奖及第五届河北省文艺振兴奖。

《笛声悠扬》（短篇），《中国作家》第2期

《棺材的故事》（短篇），《时代文学》第2期

《安格尔在过街通道里》（散文），《文学自由谈》第3期

《他嫂》（中篇），《长城》第5期

《大妮子和她的大披肩》（短篇），《河北文学》第 6 期

《峡谷歌星》（短篇）发表于《河北文学》第 6 期，获河北省“丰收杯”农村题材小说奖。

《砸骨头》（中短篇）发表于《十月》第 6 期，获第四届《十月》文学奖、第六届（1993—1994）《小说月报》百花奖及首届《中华文学选刊》优秀短篇小说奖。

《惦念》（散文），1992 年夏发表于《农民日报》

作品集：

散文集《女人的白夜》由上海文艺出版社出版，后该散文集获首届（1995—1996）鲁迅文学奖全国优秀散文奖。

中短篇小说集《麦秸垛》由作家出版社出版

中篇小说集《没有纽扣的红衬衫》由时代文艺出版社出版

1993 年

铁凝获得“庄重文文学奖”。

作品：

《马路动作》（短篇），《天津文学》第 1 期，获 1993 年《天津文学》小说奖。

《甜蜜的拍打》（短篇），《天津文学》第 1 期

《闲话做人》（散文），《当代人》第 2 期

《对面》（中篇）发表于《小说家》第 3 期，获人民文学出版社

首届《中华文学选刊》优秀中篇小说奖。

《法人马婵娟》（短篇），《长城》第 3 期

1994 年

作品：

《我与绘画》（散文），《长城》第 3 期

作品集：

长篇小说《无雨之城》由春风文艺出版社出版

中短篇小说集《甜蜜的拍打》由长江文艺出版社出版

散文集《女性之一种》由中原农民出版社出版

散文集《河之女》由春风文艺出版社出版

散文集《共享好时光》由群众出版社出版

1995 年

作品：

《世界》（短篇），《当代人》第 4 期

《我心所想》（散文），《当代人》第 4 期

《珍贵的良心——写在“红罂粟丛书”出版之际》，《出版广角》第 5 期

1995 年 9 月 24 日—12 月 24 日，铁凝在《河北日报》《文学报》发表系列访美散文：《俄克拉荷马城纪事》《华盛顿的“文学疗法”》《寻找珍妮弗》《小城警察》《探访艾滋病人》《史蒂文森郡的

乡间聚会》《“麦当劳”向我们道歉》《我从美国带回开滦的煤》《黄金与钻石》《我在奥斯汀请客》《可口可乐中心》《孩子们》《在纽约逛旧货市场》《请客》等。

作品集：

散文随笔集《长街短梦》由知识出版社出版

中短篇小说集《对面》由河北教育出版社出版

《铁凝散文自选集》由百花文艺出版社出版

《铁凝小说精选》由太白文艺出版社出版

译文版：

日文版小说集《给我礼拜八》（池泽实芳译）由东京近代文艺出版社出版

1996 年

铁凝当选为河北省作家协会主席。同年年底，在中国作家协会第五次全国代表大会上，铁凝当选为中国作家协会副主席。

作品：

《风筝仙女》（散文），《散文》第 1 期

《何咪儿寻爱记》（中篇），《长城》第 1 期

《沙果》（短篇），《青年文学》第 3 期

《小黄米的故事》（短篇），《青年文学》第 3 期

作品集：

五卷本《铁凝文集》由江苏文艺出版社出版

作品合集《罗丹之约》由吉林人民出版社出版

散文集《大街上的梦》由河北少年儿童出版社出版

1997年

作品：

《秀色》（短篇）发表于《人民文学》第1期，获第八届（1997—1998）《小说月报》百花奖。

《蝴蝶发笑》（短篇），《天涯》第1期

《疾步热岛》（散文），《当代》第2期

《午后悬崖》（中篇），《大家》第4期

《小郑在大楼里》（短篇）发表于《北京文学》第5期，获1997年《北京文学》优秀短篇小说奖。

《安德烈的晚上》（短篇）发表于《青年文学》第10期，获1997年《小说选刊》优秀短篇小说奖。

《这个世界值得我们栖息》（序言），《文论报》1月15日

作品集：

四卷本《铁凝自选集》由作家出版社出版

1998年

铁凝在河北省第七届文艺振兴奖评选中，获得该奖项的最高奖“关汉卿奖”。

作品：

《B城夫妻》（短篇），《小说家》第2期

《伸向过去的欲望》（散文），《当代作家》第5期

《树下》（短篇），《作品》第6期

作品集：

散文集《心灵修炼》由江苏人民出版社出版

中短篇小说集《银庙》由山东文艺出版社出版

《铁凝小说精粹》由四川人民出版社出版

《铁凝影记》由河北教育出版社出版

1999年

作品：

《永远有多远》（中篇）发表于《十月》第1期，后该小说获得首届（1999）老舍文学奖优秀中篇小说奖、第二届（1997—2000）鲁迅文学奖全国优秀中篇小说奖、《十月》文学奖、《小说选刊》年度奖、北京市文学创作奖及第九届（1999—2000）《小说月报》百花奖。

《寂寞嫦娥》（短篇），《中国作家》第1期

《第十二夜》（短篇）发表于《长城》第1期，后该小说获得第九届（1999—2000）《小说月报》百花奖。

《省长日记》（短篇）发表于《人民文学》第5期，获《人民文学》一九九九年优秀小说年度奖。

《史蒂文森郡的乡间聚会》（散文），《中文自修》第5期

《小格拉西蓖夫》（短篇），《青年文学》第8期

《回忆与祝福》，《当代人》第11期

作品集：

散文集《铁凝人生小品》由花山文艺出版社出版

《铁凝小说选：英汉对照》由外语教学与研究出版社、中国文学出版社出版

2000年

作品：

《用右手写字》（散文），《人民文学》第1期

作品集：

长篇小说《大浴女》由春风文艺出版社出版

中短篇小说集《永远有多远》由解放军文艺出版社出版

作品合集《铁凝》由人民文学出版社出版

散文集《您的微笑使我年轻》由明天出版社出版

2001年

铁凝再次当选为中国作家协会副主席。

作品：

《行走的大脚》（散文），《天涯》第1期

《从一支歌想起……》（散文），《中国妇女》中文海外版第 6 期
《长街短梦》（散文），《语文教学与研究》第 12 期
作品集：
长篇小说《大浴女》由江苏文艺出版社出版
中短篇小说集《甜蜜的拍打》由群众出版社出版
中短篇小说集《B 城夫妻》由群众出版社出版
作品合集《马路动作》由中国文联出版社出版
散文集《铁凝散文》由浙江文艺出版社出版
中短篇小说集《永远有多远》由时代文艺出版社出版
《铁凝随笔自选》由广西民族出版社出版

2002 年

作品：
《“纸”上反腐败的一合》（散文），《北京文学》第 2 期
《谁能让我害羞》（短篇），《长城》第 3 期
《遥远的完美》（散文），《大家》第 5 期
《从梦想出发》（专题发言），《长城》第 6 期
《有客来兮》（短篇），《人民文学》第 7 期，获第十届（2001—2002）《小说月报》百花奖。
《四见孙犁先生》（散文），《人民日报·大地副刊》10 月 24 日
作品集：
中短篇小说集《午后悬崖》由华文出版社出版

散文集《回到欢乐》由河南文艺出版社出版

短篇小说集《谁能让我害羞》由广州出版社出版

中短篇小说集《谁能让我害羞》由新世界出版社出版

五卷本丛书《镜子里的城市》由花山文艺出版社、河北教育音像出版社出版

译文版：

日文小说集《红衣少女》（池泽实芳译）由日本东京近代文艺社出版

2003 年

作品：

《人生可能不是一部长篇小说》（创作谈），《北京文学》第3期

《逃跑》（中篇），《北京文学》第3期，后获新世纪第二届（2005）《北京文学》奖。

《遥远的完美》（散文），《散文百家》第3期

《“关系”一词在小说中——在苏州大学“小说家讲坛”上的讲演》，《当代作家评论》第6期

作品集：

中短篇小说集《第十二夜》由江苏文艺出版社出版

美术批评《遥远的完美》由广西美术出版社出版

译文版：

日文版小说集《棉花垛》由东京现代文艺社出版

2004年

作品：

《阿拉伯树胶》（短篇），《人民文学》第1期，获第十一届（2003—2004）《小说月报》百花奖。

《我看父亲的画》（散文），《小说界》第4期

《小嘴不停》（短篇），《长城》第4期

《我对小说的态度》（创作谈），《青年文学》第6期

作品集：

《铁凝日记——汉城的事》由人民文学出版社出版

译文版：

日文版长篇小说《大浴女》由日本中央公论社出版

法文版小说集《棉花垛》由法国蓝色出版社出版

法文版小说集《第十二夜》由法国蓝色出版社出版

2005年

作品：

《诱惑我一生的体裁》（序言），《当代作家评论》第1期

《自由的激情与沉着的光泽》，《长篇小说选刊》第4期

《我追求穿越复杂后的单纯》，《中国书报刊博览》10月13日

作品集：

散文集《护心之心——铁凝散文集》由新华出版社出版

中短篇小说集《小嘴不停》由十月文艺出版社出版

译文版：

西班牙文版小说集《棉花垛》由西班牙哈雷出版社出版

2006 年

在中国作家协会第七届全委会第一次全体会议上，铁凝当选为中国作协第三任主席。

作品：

《笨花》（长篇）发表于《当代》第 1 期，获第三届“《当代》长篇小说年度（2006）最佳奖”，第十届中宣部精神文明建设“五个一工程”优秀作品奖、第三届中国女性文学奖。

《我有过一只小蟹》（散文），《中国校园文学》第 1 期

《奔突在落寞与不甘之间》（散文），《北京文学》第 1 期

《笨花的黄昏》（散文），《美文》第 4 期

《高原红柳》（散文），《求是》第 19 期

《妹妹的 24 小时》（散文），《杉乡文学》第 21 期

《〈笨花〉与我》（散文），《人民日报》2 月 16 日

《文学应该有能力温暖世界》（散文），《人民日报》12 月 13 日

散文集：

九卷本《铁凝作品系列》由人民文学出版社出版

长篇小说《笨花》由人民文学出版社出版

散文集《一千张糖纸》由江苏文艺出版社出版

中篇小说集《棉花垛》由人民文学出版社出版

中短篇小说集《铁凝精选集》由北京燕山出版社出版

作品合集《铁凝自选集》由海南出版社出版

中短篇小说集《铁凝小说》由吉林文史出版社出版

译文版：

越南文版长篇小说《大浴女》由越南妇女出版社出版

2007 年

作品：

《22 年前的 24 小时》（散文），《北方人》第 2 期

《母亲在公共汽车上的表现》（散文），《中国校园文学》第 7 期

《人间送小温》（散文），《北京文学》第 7 期

《世界》（散文），《晚报文萃》第 12 期

《猜想井上靖的笔记本》（散文），《人民日报》6 月 12 日

作品集：

中短篇小说集《永远有多远》由香港明报出版社出版

中短篇小说集《第十二夜》由香港明报出版社出版

散文随笔集《从梦想出发》由湖南文艺出版社出版

译文版：

韩文版长篇小说《无雨之城》由韩国实践文学社出版

越南文版长篇小说《玫瑰门》由越南妇女出版社出版

2008年

作品：

《我的诗人经历》（散文），《诗刊》第3期

《各民族作家的共同园地》，《民族文学》Z1期

《戴套袖的孙犁先生》（散文），《文汇报》2月15日

《以蓄满泪水的双眼为耳》，《大江健三郎口述自传》（序言）5月12日

《文学是灯——东西文学的经典与我的文学经历》，《文汇报》10月12日

作品集：

散文集《长街短梦》由中国盲文出版社出版

长篇小说《无雨之城》由湖南文艺出版社出版

长篇小说《笨花》由湖南文艺出版社出版

长篇小说《玫瑰门》由湖南文艺出版社出版

长篇小说《大浴女》（图文本）由湖南文艺出版社出版

译文版：

韩文版长篇小说《大浴女》由韩国实践出版社出版

2009 年

作品：

《咳嗽天鹅》（短篇）发表于《北京文学》第 3 期，获第十四届（2009—2010）《小说月报》百花奖及第五届（2009—2010）《北京文学》奖。

《伊琳娜的礼帽》（短篇）发表于《人民文学》第 3 期，获首届（2010）郁达夫小说奖短篇小说奖、第七届（2008 年 11 月—2009 年 10 月）人民文学奖短篇小说奖和韩国语言文化教育振兴院主办的“金狮文学奖”（2013）。

《风度》（短篇），《长城》第 5 期

《内科诊室》（短篇），《钟山》第 5 期

《镌刻在丰饶大地上的改革履迹》，《新华文摘》第 5 期

《阅读不应“失重”》（散文），《人民日报》5 月 4 日

《教我学游泳的章仲锷》（散文），《文汇报》5 月 28 日

《以文学的名义向祖国致敬——写在中国作家协会成立六十周年》，《文艺报》7 月 23 日

《走向世界的中国文学》，《文艺报》11 月 3 日

《用我们最好的东西加入文化竞争》，《人民日报》11 月 6 日

《慢慢地走，专注地看》，《文学报》12 月 24 日

作品集：

散文集《惊异是美丽的》由作家出版社出版

散文集《铁凝散文》由人民文学出版社出版

“世界当代华文文学精读库·铁凝卷”《巧克力手印》由香港明报月刊出版社出版

《玫瑰门》《大浴女》《笨花》收入“共和国作家文库”由作家出版社出版

2010年

作品：

《桥的翅膀》（演讲），《人民文学》第4期

《一九五六年的债务》（短篇）发表于《上海文学》第5期，获第九届（2003年8月—2010年11月）《上海文学》奖。

《春风夜》（短篇）发表于《北京文学》第9期，入选中国小说学会评选出的“2010年度中国小说排行榜”。

《相信生活，相信爱》，《扬州晚报》2月27日

《青春是文学的永恒主题》，《文艺报》6月17日

《期待中国文学自信地融入世界》，《人民日报》11月19日

作品集：

中短篇小说集《第十二夜》由河南文艺出版社出版

散文集《桥的翅膀》由商务印书馆国际有限公司出版

《笨花》收入“中国当代作家获奖作品典藏”由河南文艺出版社出版

译文版：

英文版小说集《永远有多远》由上海新闻发展出版公司出版

2011 年

作品：

《海姆立克急救》（短篇），《江南》第 3 期，入选“2011 年度中国小说排行榜”，并获《小说月报》第十五届百花奖短篇小说奖。

《山中少年今何在——关于贫富和欲望》（散文），《江南》第 3 期，后获《散文选刊》2011 年度华文最佳散文奖。

《告别语》（短篇），《芳草》第 5 期

《飞行酿酒师》（短篇），《作家》第 5 期，获 2011 年度第三届《小说选刊》年度大奖短篇小说奖。

《艰难的痕迹——文学与社会进步》，《芳草（文学杂志）》第 5 期

《爱与意志》（演讲），《作家》第 9 期

《七月英雄花》（随笔），《源流》第 15 期

《关于“文学花盆”》，《中华读书报》1 月 26 日

作品集：

散文随笔集《与陌生人交流——铁凝寄小读者》由二十一世纪出版社出版

2012 年

作品：

《哀恸的马》（随感），《中国摄影家》第 8 期

《七天》（短篇），《作家》第 13 期

《在人民的创造中创造文学》，《文艺报》5 月 21 日

《中国文学的世界意义》，《文汇报》10 月 12 日
作品集：
《中国文学·中英双语版》由作家出版社出版
自选集《蝴蝶发笑》由辽宁人民出版社出版
小说集《青草垛》由重庆出版社出版
散文集《农民舞会》由北京线装局出版
短篇小说集《哦，香雪》中英对照本由外语教学与研究出版社出版
译文版：
英文版（美洲版权）长篇小说《大浴女》由美国西蒙·舒斯特出版公司出版
英文版（欧洲版权）长篇小说《大浴女》由哈珀·柯林斯出版集团出版

2013 年

作品：
《支持青年作家的成长》，《民族文学》第 3 期
《在草明百年诞辰纪念座谈会上的讲话》，《文艺理论与批评》第 4 期
《火锅子》（短篇）发表于《北京文学》第 7 期，入选中国小说学会评选出的“2013 中国最佳小说排行榜”，后获第十六届（2015 年）百花文学奖短篇小说奖。

《暮鼓》（小说），《作家》第 7 期

《〈浮生二十四小时〉：方寸之间的人生感悟》（随感），《中国政协》第 19 期

《让文学的灯照亮人心——纪念孙犁先生百年诞辰》，《天津日报》5 月 16 日

《积蓄力量再出发》，《文艺报》12 月 16 日

作品集：

《生活在坏话里》（中国当代名人语画书系）由北京西苑出版社出版

《铁凝精选集》由北京燕山出版社出版

中短篇小说集《对面》由人民文学出版社出版

“铁凝长篇小说系列”由人民文学出版社出版

维文版长篇小说《笨花》由新疆人民出版社出版

译文版：

阿拉伯文版小说集《永远有多远》由科威特出版社出版

土耳其文版《永远有多远》由土耳其 Kalkedon Yayinlari 出版社出版

2014 年

作品：

《一个大写的人》，《满族文学》第 1 期

《在中德作家论坛上的致辞》，《东吴文学》第 1 期

《保持与太阳的血缘：在刘舰平诗歌研讨会上的致辞》，《文学界》（原创版）第 3 期

《在阮章竞百年诞辰纪念座谈会上的讲话》，《文艺理论与批评》第 3 期

《在梁斌百年诞辰纪念座谈会上的讲话》，《文艺理论与批评》第 4 期

《在“第三届 21 世纪世界华文文学会议”上的致辞》，《扬子江评论》第 6 期

《科学春天的歌者 现代文明的歌者——纪念徐迟先生百年诞辰》，《博览群书》第 11 期

《与人民同心 与人民同行》，《求是》第 21 期

《2014，怀着希冀前行》，《人民日报》1 月 2 日

《他用诗歌点亮了心灯》，《湖南日报》2 月 18 日

《天籁之声，隐于大山》，《人民日报》2 月 18 日

《传递民族心灵深处的最强音》，《文艺报》5 月 12 日

《赤子之心阅沧桑》，《人民政协报》6 月 23 日

《青春无悔，〈青春之歌〉不朽———在杨沫百年诞辰纪念座谈会上的讲话》，《人民政协报》9 月 1 日

《牢记良知和责任（文艺工作座谈会发言摘编）》，《人民日报》10 月 17 日

《作品是立身之本》，《人民日报》10 月 21 日

作品集：

中短篇小说集《秀色》由河南文艺出版社出版

散文集《让我们互相凝视》由东方出版中心出版

中短篇小说集《中国好小说 铁凝》由中国青年出版社出版

短篇小说集《铁凝六短篇》由海豚出版社出版

散文集《铁凝经典散文》由山东文艺出版社出版

散文集《你在大雾里得意忘形 岁月卷》由山西教育出版社出版

散文集《山中少年今何在 情怀卷》由山西教育出版社出版

散文集《我画苹果树》由河南文艺出版社出版

长篇小说《笨花》由河南文艺出版社出版

译文版：

英文版《麦秸垛》由外文出版社出版

俄文版长篇小说《笨花》由俄罗斯东方文学出版社出版

泰文版中篇小说《永远有多远》由泰国出版社出版

2015 年

铁凝被授予法国文学艺术骑士勋章。

作品：

《讲述“中国故事”的先行者——纪念叶君健百年诞辰》，《党建》第 2 期

《以文学动人心弦》，《文艺报》6 月 1 日

《文学交流，文明互鉴》，《人民日报》6 月 14 日

《幽灵之船——现实生活与创作灵感》，《文艺报》6 月 15 日

《苍生不老碧树长青——徐光耀的文学与人生》，《光明日报》7 月 3 日

《先贤前辈严肃深长的召唤和激励》，《文艺报》7 月 10 日

《奉献无愧于民族无愧于时代的儿童文学作品》，《文艺报》7 月 15 日

《与民族共命运 与人民同呼吸》，《文艺报》9 月 9 日

《信仰不朽、童心不泯——忆严文井先生》，《人民政协报》11 月 16 日

作品集：

散文集《一千张糖纸》由江苏文艺出版社出版

《百年经典：中国青少年成长文学书系 没有纽扣的红衬衫》由晨光出版社出版

《铁凝获奖作品典藏 全两册》由河南文艺出版社出版

2016 年

铁凝当选中国作家协会主席、中国文联主席，这是历史上首次由一人兼任中国作协和中国文联主席。

作品：

《两肩尘土一颗真心——纪念刘白羽百年诞辰》，《党建》第 11 期

《中国文联第十次全国代表大会闭幕词》，《中国文艺评论》第12期

《在严文井先生百年诞辰纪念座谈会上的讲话》，《文艺报》1月29日

《在陈忠实的创作道路研讨会上的讲话》，《文艺报》6月8日

《和人民一道前进——纪念柳青》，《文艺报》7月1日

《在"新世纪三晋新锐作家群"研讨会上的讲话》，《太原日报》8月17日

《铁凝新著〈以蓄满泪水的双眼为耳〉自序：我讲述，我亦倾听》，《南方日报》9月1日

《文学的责任是不断寻找新的希望》铁凝、大江健三郎对谈，《文汇报》9月8日

《中国作家协会第九次全国代表大会闭幕词》，《光明日报》12月5日

《我们所要做的，就是创造》，《文学报》12月8日

《坚定文化自信 攀登文艺高峰》，《中国艺术报》12月12日

作品集：

散文集《会走路的梦》由高等教育出版社出版

散文随笔集《名家少年说之铁凝》由二十一世纪出版社出版

自选集《蝴蝶发笑》由辽宁人民出版社出版

短篇小说集《海姆立克急救》由上海文艺出版社出版

散文自选集《以蓄满泪水的双眼为耳》由新知三联书店出版

中篇小说集《永远有多远》由花山文艺出版社出版

短篇小说集《火锅子》由文化发展出版社出版

长篇小说《玫瑰门》由延边人民出版社出版

译文版：

意大利文版长篇小说《无雨之城》由意大利FORME LIBERE出版社出版

2017年

作品：

《理性繁荣之游说——〈繁荣的真谛〉阅读笔记》，《中国领导科学》第8期

《琢磨诗歌，就是雕琢自己的灵魂》，《人民日报》1月3日

《骆宾基：他的根深扎在时代和人民中间》（作家谈），《人民日报》海外版6月28日

《潜力与创新力》（散文），《人民日报》7月9日

《文学当有力量惊醒生命的生机——从短篇小说集〈飞行酿酒师〉说开去》，《文汇报》8月8日

《倾听心灵的回响》（散文），《光明日报》8月11日

《文学最终是一件与人为善的事情》，《文艺报》9月1日

《高举旗帜 砥砺前行 创造中国特色社会主义文艺新篇章》，《人民日报》9月8日

《坚定文化自信 履行文化责任》，《人民日报》海外版10月25日

《新时代自觉担当新使命》，《光明日报》11 月 6 日
《伟大的时代呼唤伟大的文学作品》，《光明日报》11 月 16 日
作品集：
散文集《心灵的牧场——铁凝经典散文》由山东文艺出版社出版
小说集《有客来兮》由百花文艺出版社出版
短篇小说集《飞行酿酒师》由人民文学出版社出版
鲁迅文学奖河北获奖作家书系《女人的白夜》由花山文艺出版社出版

2018 年
铁凝获波兰雅尼茨基文学奖。
作品：
《让一生成为一段温暖而有趣的旅程》（散文），《当代青年》第 5B 期
《时刻牢记，文学对民族精神的责任》，《文汇报》5 月 22 日
《三月香雪》（创作谈），《人民日报》6 月 16 日
《放歌新时代 青春好扬帆——全国青年作家创作会议开幕辞》，《文艺报》9 月 21 日
《海阔天空的可能性正在我们眼前展开——在第七届鲁迅文学奖颁奖典礼上的致辞》，《人民日报海外版》9 月 29 日
《作家应有耐心在独属自己的崭新时间里 为读者和未来创造更加宽阔的精神领域》，《文汇报》10 月 23 日

《今天的读者之所以需要文学，是需要真实的心跳》，《解放日报》11 月 30 日

作品集：

中篇小说集《永远有多远》由河南文艺出版社出版

散文集《为什么要把时光留住》（中学生读本）由人民日报出版社出版

散文集《让我们互相凝视》由东方出版中心出版

2019 年

作品：

《新时代中国文艺的前进方向》，《文艺报》1 月 4 日

《好的文学永远拥有直指人心的力量》（散文），《文艺报》1 月 21 日

《照亮和雕刻民族的灵魂》，《人民日报》3 月 22 日

《直面世界理解生活》（散文），《长江周刊》3 月 31 日

《逐梦 70 年：与人民一道前进——新中国文艺的初心和使命》，《人民日报》9 月 17 日

《澳门文学，中国故事——〈美丽澳门〉总序》，《澳门日报》10 月 13 日

《风正一帆悬——在第十届茅盾文学奖颁奖典礼上的致辞》，《光明日报》10 月 15 日

作品集：

散文集《相信生活，相信爱》由山东文艺出版社出版

散文集《散文精读》由浙江人民出版社出版

散文集《钻石礼物》由浙江少年儿童出版社出版

散文集《面包岁月》由浙江少年儿童出版社出版

短篇小说集《欢欢腾腾》由浙江少年儿童出版社出版

《笨花》入选“新中国70年70部长篇小说典藏”，由学习出版社、人民文学出版社等8家出版社联合出版

2020年

作品：

《一位无愧于时代和人民的作家》，《文艺报》7月6日

《书写新时代的“创业史”——在全国新时代乡村题材创作会议上的讲话》，《人民日报》7月17日

《为构筑中华民族共有精神家园贡献文学力量——在第十二届全国少数民族文学创作骏马奖颁奖典礼上的致辞》，《光明日报》9月26日

《永远年轻的革命者和写作者》，《文艺报》10月12日

《深情回望，奔赴新征程》，《文艺报》11月23日

作品集：

散文集《盼》由人民教育出版社出版

精选集《哦，香雪》由浙江少年儿童出版社再版

长篇小说《玫瑰门》由人民文学出版社再版

长篇小说《大浴女》由人民文学出版社再版

长篇小说《笨花》由人民文学出版社再版

注：创作大事记年表整理者，张祯，北京师范大学文学院现当代文学专业硕士研究生。

2014年前年表资料参考自张光芒、王冬梅编著的《铁凝文学年谱》（复旦大学出版社，2014年），特此说明。